人ひと

小野寺史宜
Fuminori Onodera

目次

人

小野寺史宜

一個人的秋天

砂町銀座[*1]。

拱門上大大寫著這四個字。文字的上方嵌入了一個時鐘，時鐘上的指針指著兩點。

兩根柱子的旁邊豎立著「禁止車輛進入」的交通標誌，圖案就是常見的紅色圓圈配上白色橫桿，底下還寫著一排黑色文字：**腳踏車除外**。

十月，仰頭可看見蔚藍的天空。

我穿過拱門，進入了商店街，避開行人與腳踏車，在狹窄的道路上有氣無力地走著。來到東京不過一年半，我竟然已經擁有了這種本領。

＊注1：砂町銀座，位於東京都江東區的商店街。

肚子好餓！上一次進食是昨天下午六點，吃了一碗AEON[*2]的PB[*3]泡麵，仔細想想，我已經二十個小時沒吃東西了。

就在這時候，我聞到了一股難以言喻的香氣。那不是花的香氣或香水味，是食物，是油炸的食物。這條商店街上有著不少烤雞串店及熟食店，稱得上是有名的「邊走邊吃」聖地，醬汁及油的氣味從來不曾散去。

油炸的食物，在人類所有發明之中，這東西應該算是相當了不起的傑作吧。

首先，人類發現了火。**好燙！既然好燙，那就拿魚、肉來烤烤看吧**。這是很自然的想法。但是從這個階段到發明油炸食物，應該還需要一段非常漫長的歲月。就在發明油炸食物的瞬間，我相信所有人類都已猜到接下來的生活將有突破性的改變。**就算是再怎麼難以下嚥的東西，只要放在油裡炸一炸，應該就會變成食物吧**？每個人的心中應該都冒出了這樣的念頭。

油炸食物擁有一種相當獨特的氣味，在聞到氣味的同時，我甚至能感受到油的熱度。當然那多半只是我的錯覺。

我感覺到一股若有似無的熱風，從那一整排擺放在店家門口的油炸食物朝我迎面撲來。轉頭望去，商品陳列檯上一片金黃色。我不由自主地受到吸引，踏著有氣無力的步伐，在陳列檯前停下腳步。

托盤及大餐盤上擺放著各式各樣的油炸食物，里肌肉、腰內肉、雞肉、絞肉，炸炸炸，全都炸得酥黃，仔細一看，還有炸雞塊及炸魷魚鬚。原本就已感到空虛的肚皮，此時更是飢腸轆轆。到了這個地步，事情的發展已由不得我了。

我從褲子的後側口袋取出了錢包。這個對摺式的黑色錢包，我從高三的時候一直用到現在。天然皮革？當然不是，它甚至不是人工皮革，而是帆布材質。

一拉開錢包，我愣住了。沒紙鈔沒關係，這是早就知道的事，但連硬幣也只有兩枚，而且兩枚都有洞，合計五十五圓*4。

＊注2：AEON，永旺株式會社是亞洲最大的零售商，也是日本最大的購物中心開發商和運營商。
＊注3：PB，Private Brand的縮寫，自我品牌之意。
＊注4：日本的五十圓硬幣及五圓硬幣中央有個圓孔。

我驀然想起，前天在AEON STYLE*5買了一袋衛生紙，為了省一點錢，我沒有買十二捲的包裝，而是改買十八捲的包裝，當時還很慶幸身上的錢足夠支付。到了昨天，午餐及晚餐吃的都是之前買的PB泡麵，一毛錢也沒花，所以我完全忘了錢包裡只剩下五十五圓。

最近我老是幹這種蠢事。腦袋一片空白，整天就只是發楞，如今我有氣無力地在街上亂走，正是因為明白不能繼續悶在房間裡。

只要往回走，橫越丸八通，那裡不僅有郵局，還有ATM，但我盡可能不想領錢。餐費一天五百圓，一個月一萬五千圓，這是早已決定好的事情。總不能在第一個月就打破規矩，一旦打破規矩，我很怕自己會這麼沉淪下去。不是我自己嚇自己，動不動就向下沉淪是我的致命傷。

我站在各種油炸食物前，陷入了沉思。現在該怎麼辦才好？身上只有五十五圓，應該什麼也買不了吧。

咦？買得了。

可樂餅，形狀看起來像是超小型四百公尺田徑運動場的可樂餅，竟然只要五十圓。

我開始在心中計算。就算要加上消費稅，也才五十四圓，買得了！不僅買得了，而且還可以找回一圓。

或許因為可樂餅的價格最便宜的關係，只剩下一個了。

「不好意思。」

「來了。」

一個看起來像老闆的男人走了過來，身上穿著白色廚師袍，頭上戴著白帽，年紀大約六十五歲。

「可樂餅……」

我話還沒說完，一個老奶奶突然從旁邊湊了過來。

「可樂餅、炸火腿排及炸竹筴魚。」

＊注5：AEON STYLE，AEON旗下的綜合超市。

老奶奶年齡大約七十五歲，身手卻異常俐落，有如正要捕捉獵物的老鷹。

「啊！」我嚇了一跳，但趕緊說道：「呃……妳先請。」

老奶奶看了我一眼，我朝她點頭鞠躬，但是她既沒有露出笑容，也沒有道謝，眼神彷彿在說：**你幹什麼！**

「可樂餅、炸火腿排及炸竹筴魚，各一個？」

「對。」

貌似老闆的人以俐落的動作將三樣東西放進透明盒子裡。

「要不要醬？」

「不要，每次都用不完。」

「了解。」

老奶奶付完了錢，以勝利者的姿態轉身離去。

「謝謝惠顧。」貌似老闆的人說道。接著輪到我。「久等了，要什麼？」

「沒有可樂餅了？」

我不死心地問。

「抱歉，最後一個剛剛賣掉了。現炸大概要等十五分鐘。」

十五分鐘。如果是等電車，十五分鐘似乎還能勉強忍耐，但我不確定該不該為可樂餅等十五分鐘。

「絞肉排也很好吃喲！這是我店裡最受歡迎的神祕商品，但我也不曉得到底哪裡神祕。」

我轉頭望向一旁的白色厚紙板，上頭以粗簽字筆寫著價錢。

「一百二十圓……」

「但是很大，對吧？」

「很大。」

這一點我承認。

「一個可以配一碗飯，不，兩碗。」

真的，對於罹患慢性缺錢症候群的我來說，兩碗確實沒問題。

「如何？要不要來個絞肉排？」

「還是算了。」

「我知道了，你們年輕人都怕吃了這個口氣不清新，對吧？」

「不是那個原因。」

「還是你不喜歡絞肉排？」

「不，我喜歡，但錢不夠。」為了避免被當成可疑人物，我趕緊補了一句：「忘了領。」

「噢，原來是這種小事。連一百二十圓也沒有嗎？」

「沒有。」

「那你有多少？」

雖然剛剛才確認過了，我還是假意翻開錢包。

「五十五圓。」

「五十五圓……好，賣了。」

「咦？」

「為了感謝你把可樂餅讓給剛剛的客人，絞肉排我賣你五十五圓。」

「可是……」

「算了，零頭也不要了，就五十圓吧。」

「不行，不然五十五圓好了。」

「沒關係，錢包空空總是心底不踏實吧？雖然五塊錢什麼也買不了，但你還是留著吧！五圓就是『有緣』，留下這個緣分，下次你才會再來光顧。」

「好，那我下次來的時候，會把錢補給您。」

「不用了。你要是補錢給我，那就變成我硬要賣給你了，我不想欠這個人情。」貌似老闆的人轉頭朝廚房喊道：「喂，映樹，絞肉排好了嗎？」

「剛炸好。」

裡頭那個叫映樹的人回答。是個年輕人，看起來應該不超過二十五歲。

「來，小哥，快趁熱吃。」

映樹拿著銀色托盤走了過來，上頭放了五塊絞肉排，貌似老闆的人以夾子夾起一個，放進防油的小紙袋裡遞給我。

「真正剛起鍋的油炸絞肉排，小心燙。」

我遞出五十圓，接下了絞肉排。隔著紙袋可以感受到熱度，麵皮裡面應該非常燙吧，而且絞肉排有肉汁，搞不好比可樂餅還危險。

「我能在這裡吃嗎？」

「嗯，邊走邊吃會給別人添麻煩，但在店門口吃完全沒有問題。」

雖然已得到同意，我還是先退到一旁，輕聲地說了句：「我要吃了。」才小心翼翼地把絞肉排放進嘴裡。牙齒緩緩貫穿麵皮，這口感不是酥，是脆；而且不是春捲皮那種薄脆，是厚脆。果然如同預期，麵皮裡滲出不少湯汁，我也搞不清楚那是肉汁還是油。

我一口接著一口吃著，香脆的麵皮摩擦著上顎，幾乎快要燙傷。太美味了！

「啊啊……」

我忍不住發出了讚嘆，已經不知多久沒吃到這種剛做好的食物了，更別提是油炸物。

最近我既沒有在外頭吃飯，也沒有在家裡自己煮，三餐不是便當就是飯糰、泡麵。以微波爐加熱的食物，不能稱作剛做好；真正剛做好的食物，不適合溫熱這種字眼，那叫作熱騰騰。微波爐當然也把食物加熱到熱得發燙，但那就只是熱得發燙，熱度與滋味是無法相輔相成。

「我看你吃得津津有味。」老闆說。

「真的很好吃。」我回答。

「剛炸好的最棒，對吧？」

「很棒。」

「這個時間出來買東西吃，是午餐嗎？」

「嗯，我好餓。」

「那太好了，餓是最好的調味料。說到調味料，那邊有醬。」

我轉頭一看，商品陳列檯的另一側放著一罐醬，似乎是讓客人自由取用。

「不用了，我不想加醬。」

「噢？」

「加了醬，就只會剩下醬的味道。」

有些人喜歡加很多醬，甚至有些人非得讓金黃色的表面全變成醬的顏色才肯罷休。當然那也是一種美味，但是我更喜歡品嚐可樂餅、絞肉排本身的味道。

我一邊吃著絞肉排，一邊抬頭看了一眼店家的招牌。那是一塊白底黑字的招牌，上頭寫著「**田野倉熟食店**。」接著我看見柱子上貼著一張紙，那就只是一張普通的白紙。但就在這一瞬間，它對我來說不再是背景的一部分，上頭寫著「**徵人啟事：時薪九百五十圓，工作時間可調整**」，同樣是粗簽字筆的手寫字跡。

過去我都是在網路上尋找打工機會，若發現想應徵的店，就會在應徵前先去勘察一下；從來不曾一看到店家張貼的徵人啟事，就馬上想應徵。

但我的腦海浮現了老闆剛剛說的那句「留下緣分」。有緣……天底下真的有緣分這種東西嗎？

絞肉排只剩下三分之一……我打算直接開口，不再猶豫。

「我想……」

「嗯？」

「我想在這裡工作。」

「不用啦，才區區七十圓。」

老闆誤會了，他以為我說要在這裡工作，是要償還那七十圓。

「啊，我不是那個意思，我是看到那張紙……」

「噢，你想打工？」

「對。」

「學生要在我店裡工作，恐怕有點困難。雖然那上頭寫時間可調整，但我想徵的是可以全職工作的人，而且不能隨便請假。」

「應該不會……啊，我的意思是絕對不會，因為我已經不是學生了。」

「你幾歲？」

「二十。」

「沒有正職工作？」

「算沒有吧！我正在找工作。」

這句話其實有一半是謊言。我只是想著應該要找，卻從不曾認真找過。因為我還沒有調適好心情，只是過著無所事事的每一天，明知道應該振作起來，卻就是提不起勁。

「你說你已經不是學生……意思是你休學了？」

「嗯，因為一些原因。」

「因為一些原因？」

什麼樣的原因？老闆並沒有問出這句話。

「絕對不是欠了一屁股債或是有前科之類的原因。」

我急忙解釋道。

「我並沒有這麼想。你現在住在哪裡？」

「就在附近的南砂町，走路只要十分鐘就能到。」

「一個星期有辦法來五天嗎？」

「可以，我自己也想把時間排滿。」

「有沒有廚房經驗？」

「沒有……一定要有嗎？」

「算了，沒有也沒關係。但這工作必須一直站著，你沒問題嗎？」

「沒問題，我在咖啡廳打過工。」

「在咖啡廳打工的時候，沒負責過廚房的工作？」

「嗯，只泡過咖啡，沒做過什麼料理。」

「『歡迎光臨』跟『謝謝惠顧』應該說得很溜吧？」

「嗯。」

「假如我錄用了你，你什麼時候能上工呢？」

「明天就能，不，現在就能。」

「雖然我這只是一家小小的店面，還是要看過你的履歷表，沒辦法立刻決定雇用你。明天帶一份履歷表來吧，格式隨意，但一定要據實填寫。」

「好的。」

「我姓田野倉。」

「您就是老闆，對嗎？」

「是的，你叫什麼名字？」

「我姓柏木。」

「柏木弟弟……」田野倉半開玩笑地說道：「你真的沒有欠錢，也沒有前科？」

「真的。」

「好的，那這個也給你吃，一樣是剛炸好的。」

田野倉將一片炸火腿排放進紙袋裡遞給我。

「真的可以嗎？」

「當然，我店裡正缺人手呢。」

「謝謝，那我就不客氣了。」

「我剛剛說過了，不要邊走邊吃，找個不會妨礙到別人的地方吃吧。記得明天要來喲！」

「啊，請問我應該幾點過來……」

「噢，對。呃……就約三點吧，那時比較不忙。」

「我明白了，請多多指教。」

「好，多多指教。」

我行了一禮，便轉身離開走進一條小巷，找了個沒什麼人通行的地方，吃起了炸火腿排。裡頭的火腿正符合我的喜好，厚度剛剛好。不會太薄，不會太厚；但是太燙，又太好吃。

＊＊＊＊＊

一切得從我父親的過世說起。

這裡的一切指的是什麼一切，我自己也說不上來。大概就是一切的倒楣事吧。總之，一切得從我父親的過世說起。

我父親叫柏木義人，過世於三年前的十一月，當時我就讀高二。

死因是車禍。父親就這麼突然走了，我不敢相信他會死，正如同我不敢相信這麼嚴重的事情會就這麼降臨到我的頭上。

雖然是車禍，但父親並沒有撞到其他車子，那是一起自撞的車禍。不知道該不該說是幸運……我們找到了目擊者。據說他當時是為了閃避一隻貓，因緊急轉彎，車子才會偏離車道，撞上了電線桿。不過我們在車禍現場並沒有看到貓，換句話說，貓平安逃走了，現場地面上只留下輪胎痕跡。

我父親是個廚師，那天他到居酒屋[*6]工作，在開車回家的路上發生了意外。

但是他並沒有酒駕，遺體沒有檢測出酒精。我母親竹代曾以哭腫的雙眼看著我，對我說：「**那真是不幸中的大幸。**」那時喪禮剛結束，我們的周圍沒有其他人。

母親平安領到了保險金，意外保險的死亡保險金三千萬圓，共濟保險的死亡保險金一百一十萬圓。那時候母親才告訴我，父親從前經營的居酒屋倒閉時，欠下了龐大債務，所以雖然領到了不少保險金，但得先拿去還債才行。清償了債務之後，剩下的錢還夠我到東京念大學。

母親從小在鳥取市長大，父母早亡，而且幾乎沒有其他親戚；父親則原本是東京的青梅市人，但他認為在東京開店太難，所以來到母親的故鄉鳥取經營居酒屋。因為這個緣故，我也是在鳥取出生。

其實我並非一開始就打算前往東京發展，但我心裡明白，不可能一輩子待在鳥取。我們住的是租來的房子，沒有穩定的棲身之所，而且鳥取的工作機會並不

＊注6：居酒屋，提供酒精飲料及各種料理的平價日式酒館。

多。更何況當地的鳥取大學雖然是國立大學，但規模很小，全校科系只有四個，也沒有我想念的學系。

因此我報考了千葉大學的法政經學系，但落榜了。雖然我後來考上了法政大學的經營學系，但那是一間私立學校，原本以為不可能去就讀，但母親說錢還夠用，叫我盡管去讀別擔心。

我沒有申請獎學金*7，本來想申請，但母親勸我不要。因為那些獎學金雖然名義上是獎學金，畢業後仍然要歸還的。

「背負債務是一件很辛苦的事，媽媽不想讓聖輔吃這種苦。你如果能夠打工貼補生活費，媽媽就很感激，別申請什麼獎學金了。」

媽媽對我這麼說。

我上課的地點，在法政大學的市谷校區，因此我決定住在南砂町。搭乘東京地下鐵的東西線，不用換車就能到飯田橋，通車時間只要二十分鐘左右。

我住在江東區南砂町一棟名叫「倫特南砂」的公寓，原本以為「倫特」是「租賃」的意思，後來才知道是音樂用語中的「慢板」；不是「rent」，而是「lento」，原始的語意是「緩慢地」。

從公寓到南砂町車站徒步約十二分鐘，房租包含三千圓的管理費，總共五萬六千圓；由於快車不停南砂町這一站，所以房租比較便宜一點。

不過這裡的生活機能很不錯，車站的對面有一間名叫SUNAMO的購物中心，還有大型家電賣場「山田電機」，公寓附近也有一間AEON STYLE，距離稍遠的地方還有一間宜得利（NITORI）家具賣場。

讀高中的時候，我玩過貝斯，當時玩的是電貝斯。上大學之後，我加入了一個名叫NOISE的輕音樂社團，在那裡認識了篠宮劍及川岸清澄，我們組成了一個三人樂團。

＊注7：獎學金，日本的獎學金大多規定必須在畢業後無息歸還，類似臺灣的助學貸款。

由於找不到好的人才，所以沒有主唱。劍提議拉了一個喜歡唱卡拉OK的女孩子進來，但我不是很贊成。我們的樂團甚至沒有名稱，因為我們打算等湊齊成員後再來取名。

劍的吉他技巧只是差強人意，但清澄的鼓技很強，光是在錄音間裡練習，就是一件快樂的事。我們沒有自己作曲，全都是隨興地拿我們知道的曲子來演奏，甚至不在乎那是西洋音樂還是日本音樂。

大學一年級的五月，我開始打工。我對打工的重視程度，甚至超過樂團。打工的場所是一杯咖啡只要兩百圓的連鎖咖啡廳，地點在日本橋。選擇在那間店打工，是因為那裡剛好在公寓及大學的中間。

在那間店裡，我認識了原口瑞香。瑞香如今是專修大學法學系三年級學生，當時她還在讀二年級，比我大一歲。

我開始打工的兩個月後，也是瑞香開始打工的一個月後。某天，我們兩人站在收銀檯前——

「我們交往吧。」她突然對我說。
「咦?」
「跟我交往吧。」
「啊……呃……」
「你不願意?」她這麼問。
「倒也不是不願意。」我回答。
於是,我們便開始交往。
瑞香從小在小田原市[*8]長大,她住的地方離箱根很近,離熱海也很近。不過,據說箱根在神奈川縣,熱海在靜岡縣。我跟她說我對那一帶的地理完全不熟;她對我說,她對鳥取也不熟,甚至分不清鳥取縣與島根縣的差別,只知道那裡有一座砂丘,而且是全日本唯一沒有星巴克的縣。但直到最後,她還是懷疑自己說的是島根縣。

*注8:小田原市,位於日本神奈川縣西部的一個城市。

從小田原的老家前往神田校區要花兩小時以上，所以她借住在墨田區的一個叔叔家裡。雖然是親戚，她還是定期付房租給叔叔。

因為這個緣故，她有時會到我住的公寓來玩。我清楚記得她來過的次數，三次，而且這個數字不會再增加……因為我們分手了。

今年七月的某天，同樣是在打工店裡的收銀檯前——

「我另外有喜歡的人了。」

她突然對我如此說道。

「咦？」

「所以我想跟你分手。」

「啊……呃……」

你不願意？她並沒有這麼問，但我們還是分手了。

由於當時我打工的時間比較多，所以約會幾乎都是我出錢。交往期間唯一一次遇上的瑞香生日，我送了她非常想要的電子相框，但我們沒有機會遇上我的生日。與瑞香交往的期間，是大學一年級的七月到二年級的七月，大約三百五十天，不到一年，而我的生日剛好就在那剩下的十五天裡。

換句話說，跟瑞香分手的不久後，我就二十歲了。我在失戀的心情中轉變成了大人。樂團的劍說，她根本是在玩弄我的感情。

瑞香與我分手後不久，就辭去了打工的工作，我也在八月底辭職了。實際上，可以打工的期間，是到大學三年級的二月為止，在那之後，就必須開始投入求職活動。我在八月底就辭職，是因為我想找另一份工作來做，這麼一來，求職面試的時候才有多一點打工經驗可以講。

但是就在這個時候，發生了一件讓我作夢也想不到的事情。

心理準備？沒有，當然沒有。

當時我雖然還忘不了喪父的打擊，但至少已經逐漸接受沒有父親這個事實。

我一直以為那種打擊一輩子只會遇上一次，我一直以為那不是會重複遇上的事情，我一直這麼以為……

但我錯了，我又遇上了。

那天我在學校，正在上第一堂課。母親打了電話到我的智慧型手機，並留了言。下課後，我一聽那留言登時傻住了，因為我聽見的是一個男人的聲音。

「喂？呃……請問是聖輔嗎？我姓中谷，是竹代小姐的同事。那個……你母親出事了。如果你聽到留言，請立刻打電話給我，立刻！」

聽完，我立刻打了電話過去，而中谷也立即接起電話，我猜他一直在等著我回電。

「我是剛剛去電的中谷，任職於鳥取大學的學生餐廳。我怕你不聽留言，所以借用了你母親的電話。」

「謝謝您的聯絡，請問我媽媽怎麼了？」

「她過世了。」

「咦？」

「她在家裡……你們的府上過世了。」
我早就猜到會發生很糟糕的事情！我早就猜到大概又是意外事故！但我沒猜到是在自己的家裡。
「是火災嗎？」
「不是火災。」
「那為什麼……」
「我們也摸不著頭緒。她是在棉被裡過世的，或許是身體有什麼疾病，睡到一半突然發作。」
或許是因為已經說完了最難啟齒的部分，中谷的口氣變得平順了些，而且也不再使用客套的詞句了。
「昨天柏木小姐沒有來上班，但她向來不是個會無故曠職的人，我們打電話給她，她也沒接，到了今天，她又沒來。我察覺不對勁，於是請平常跟柏木小姐很要好的尾藤小姐陪同，一起到你家看看。」

我家，我的腦海浮現了老家那個社區，在我父親過世後，母親帶著我搬進的那棟縣營住宅。

「我們向管理員說明情況，請管理員拿鑰匙幫我們開門。但門內的鏈條是扣上的狀態，我們便猜想一定出了事，所以報了警。走進房間裡一看，你母親已經……」

「我媽媽是在棉被裡過世的？」

「對。」

這已經是我最大的極限，我發不出半點聲音，感覺自己快要流淚。但淚水沒有流下來，我只是愣愣地站著不動，還是無法百分之百相信這一切。

我無法相信一個人會突然就這麼走了；我無法相信以那種方式失去父親的我，會以這種方式失去母親。

「你能夠回來一趟嗎？」

中谷問道。

「好的。」

我感覺自己的口氣宛如機械一般。沒錯，就是機械，我的靈魂已不知道跑到哪裡去了。

寫下中谷及尾藤的電話號碼時，明明是機械，我的手卻在顫抖。

「今天就能回來嗎？」

「可以。」

「到了鳥取請打電話給我。」

「好。」

「聖輔。」

「請說。」

「我知道這時安慰也沒用，但請你別太難過。」

「……好。」

過年期間回鳥取時，我搭的是夜間巴士，不是新幹線，因為夜間巴士的價格比新幹線便宜得多。但是這時情況特殊，已顧不得錢的事了。

我趕緊回到公寓，將替換的衣褲塞進提包裡，立即啟程出發。從東西線的大手町站走到JR的東京站，搭上新幹線，到了姬路後，轉搭特快列車「超級白兔號」。抵達鳥取車站時，已經是晚上七點多了。

雖然時刻已晚，中谷及尾藤還是特地到車站來接我。見了面之後，我才得知他們的全名及寫法。男的是中谷兼正，女的是尾藤蕗子；中谷看起來五十多歲，尾藤將近五十。尾藤當著我的面哭了起來，一旁的中谷也幾乎要掉下眼淚。

接下來的事情發展，某種程度上像自動進行似的，我並沒有特別做什麼事。

我以死者家屬的身分看了遺體，確認那是自己的母親。接著拿起母親的智慧型手機，打開裡頭的電話簿，打電話給一個叫船津基志的人，傳達母親的死訊。

我從沒見過這個人，但曾聽母親說過，知道他是母親的表弟，今年四十四歲。算起來似乎是我的表舅，但母親跟他也不熟，只是知道有這個人，知道他就住在鳥取市。他接到電話後立刻就趕了過來，由於他在市內的生活用品店工作，住在市內的公寓，所以二話不說就趕來幫忙。
到頭來我們還是不知道母親的死因。在定義上這似乎屬於猝死，勉強也算是因病而死，不算意外事故。猝死的定義，似乎是發病後二十四小時之內死亡，病因以心臟疾病居多。但找不出原因的例子似乎也不少，母親正是其中之一。
死亡現場的狀況，並沒有任何可疑之處。窗戶和大門都上了鎖，而且門上還扣了鏈條，屋內並沒有遭人翻箱倒櫃，母親生前也沒有與他人扭打的跡象，就只是安安分分地躺在棉被裡。換句話說，這不是一起犯罪事件。
喪葬事宜都是由基志表舅代為負責處理，雖然他只是向葬儀社申請了家族葬禮*9而已，但也算是幫了我一個大忙。
墳墓的地點和父親相同，搭電車要花上一小時。據說那裡是所謂的「永代供養墓」，也就是寺院會負責供養，就算親屬沒有前往掃墓也沒關係。當初父親過世的時候，母親親自選擇了那裡，據說遺骨在那裡會獲得個別的管理，所以雖然

＊注9：家族葬禮，只讓至親好友參加的簡單葬禮。

路途遙遠，還是獲得了母親的青睞。

至於母親的遺物，在基志表舅的建議下，我們請了專門整理遺物的業者前來處理，由於房間必須盡早清空，要節省時間就只能這麼做了。業者也是基志表舅找來的，他說他在生活用品店工作，剛好認識不錯的業者。如果沒有他幫忙聯絡，我一個人實在不知道該如何是好。

最後業者幾乎處理掉了所有的遺物，只留下幾張照片，以及母親過世時手指上戴的結婚戒指。基志表舅說，那也算是父親留下的遺物。

母親的積蓄扣掉喪葬及整理遺物的費用，剩下的錢就是我可以繼承的遺產。但就算加上接下來要申請的共濟保險金一百萬圓，總共也只有兩百萬出頭，遠比我當初的預期要少得多。

我這才驚覺，原來母親過著如此捉襟見肘的生活。母親省吃儉用，完全是為了我，我是她唯一努力打拚的理由。她的身體不好，或許也是因為太過操勞的關係。

而且就在最後一刻，我又承受了另一次打擊。雖然不是什麼天大的事情，卻也足以讓我的處境更加艱困。

就在我終於辦完各種繁雜手續的時候——

「聖輔，我得對你說一件尷尬的事。」

基志表舅突然如此對我說。

「請說。」

「我借了竹代姊五十萬。」

「真的嗎？」

「嗯，為了讓你去東京，她花了不少錢。畢竟大家是親戚，我也沒叫竹代姊寫借據，何況我也沒想到她會突然走了。這件事我原本不打算提的，但我自己的日子也不太好過，我想還是請你把錢還我，好嗎？」

「啊，好。」

於是我給了他五十萬圓，不對，不是給他，是還他。

遺產變得更少了。

從事情發生開始到結束，總共花了兩星期的時間。我順利歸還了母親租的房間，交出了鑰匙。

回東京之前，我從鳥取坐了兩站下車，拜訪了鳥取大學的學生餐廳。中谷及尾藤應該至少有一人會在吧。最後無論如何都想再跟他們道謝一次，但我沒找到中谷，幸好遇到了尾藤。

我還沒向人打聽，便看見了尾藤的身影，她就站在歸還餐具的窗口內。我喊了她一聲，她回了一句：「等一下。」立即從裡頭走了出來，身上穿著廚房專用的白袍。

「尾藤小姐，謝謝妳，這陣子給妳添了不少麻煩。」

我低頭鞠躬說道。

「別這麼說，我從來不認為那是添麻煩。」

「抱歉。」

「當然也不必向我道歉。」

「對不起……不對，好的。」

我並不是故意想要搞笑，但尾藤笑了起來，只是笑得有點勉強。

「你要回東京了？」

「對，我得回去讀大學。」

「將來會回來鳥取嗎？」

聽她這麼一問，我才第一次思考這個問題：**將來我會回來鳥取嗎？**

我還沒有回答，尾藤已代替我說出了結論。

「我猜應該是不會吧！如果會回來，當初就沒有必要去東京了。何況你已經沒有回來的理由了。」

我想她指的是我的母親也過世了。尾藤與母親交情很好，所以她很清楚我的父親已經過世，以及我父親的死因。

「我很想幫你一點忙，但我不知道能為你做些什麼。」

尾藤與我是在母親過世之後才第一次見面，當然不知道該如何幫我，但她還是幫了我。

尾藤從錢包抽出一萬圓，遞給了我。

「沒包起來有點難看，不好意思。」

舉行喪禮的時候，她已經給過我白包了，現在又想塞給我一萬圓。

「這不好……」

我趕緊推辭。

「既然是我想給你，你就別跟我客氣了。如果我做得到，我還想給你更多呢。」

聽到她如此說，我也不再推卻，便收了下來。

「尾藤小姐，謝謝妳。」

我與尾藤雖然都是鳥取人，但稱不上有什麼瓜葛，她給我的這一萬圓，成了名副其實的餞別之禮。

鳥取大學就在JR山陰本線「鳥取大學前站」的前方。這個「前」字取得真好，只要一走出校園，車站就在眼前。

但我光是從校園走到車站，就花了不少時間。因為我走著走著，眼淚突然奪眶而出，而且不是一滴兩滴，是淚如泉湧。我只好找了一張長椅，坐了下來，垂著頭以雙手摀住臉孔。我拚命壓抑，至少不讓自己哭出聲音，周圍的人多半只認為我是個遭女朋友甩掉的失戀學生吧。

在這之前，我也曾有過好幾次想哭的衝動，但每次都只感覺兩眼發熱，並沒有真正流下淚水。在葬禮會場是這樣，在母親的房間裡也是這樣。沒想到淚水竟然在這種地方一口氣噴發出來。

我不禁想像母親在那間學生餐廳裡，與尾藤一同工作的模樣。我明明正難過得淚流滿面，腦海中的母親臉上卻帶著笑容。她的工作一定很辛苦吧？每天要準備幾百人份的餐點，應該很累吧？在餐廳工作乍聽之下沒什麼大不了，其實是相當重度的勞動。

但我相信母親在工作的時候，一定是笑容滿面；就像當初她送我去東京時一樣，就像她當初到鳥取站接我時一樣。愈是想哭的場合，她笑得愈是燦爛。唯有在父親過世時，我看見了她的眼淚，後來她自己也說，她已經流乾一生的淚水了。

我坐在校園的長椅上，哭了大約二十分鐘。當我恢復了冷靜之後，我抬起頭，以智慧型手機搜尋鳥取大學前站的列車時刻表。

大哭一場之後馬上拿起手機搜尋，或許有些人會覺得我很無情，但人生不就是這麼回事嗎？

人生不是戲劇，不論遇上任何事，都還是有接下來的日子要過。

我往回坐兩站，回到了鳥取，找到一間網咖打發時間，等到晚上才搭夜間巴士回東京。夜間巴士的價格是電車的一半不到，從鳥取到東京池袋只要六千五百圓，我拿出尾藤給我的一萬圓，還找回不少錢。

巴士奔馳在深夜的高速公路上，我卻完全睡不著，片刻也無法闔眼，只是坐在陰暗的座位，陷入了沉思。

我叫柏木聖輔，二十歲，如今已是形單影隻、舉目無親。就算我再怎麼不願意，也無法改變這個事實，但無論如何，日子還是得過下去。

柏木這個姓，其實是祖母的舊姓。在我父親很小的時候，祖母就與祖父離異，所以父親改姓柏木。據說我父親剛出生時，姓氏是駿河，所以如果當初祖父母沒有離婚，我就是駿河聖輔了。

在我讀國中的時候，父親告訴了我這件事，平日沉默寡言的他，我也不知道為什麼突然有興致跟我說起這些。一直到上了高中，我都覺得駿河聖輔的發音比較帥氣。我還記得很清楚，有一天班上有個女同學對我說：「柏木這個姓氏很帥氣。」讓我感到相當意外。

不管哪一邊比較帥氣，總之我是柏木。我的姓氏既不是駿河，也不是我母親的舊姓市岡。但如今柏木家只剩下我一個人了，短短三年之內，從三個人變成了一個人。

回到東京之後，我立刻查了相關資訊，得知大學針對家庭遭逢巨變的學生，會提供不必償還的獎學金。我的家庭確實稱得上是遭逢巨變，應該符合申請資格。但就算拿到這筆獎學金，也不夠我把剩下的兩年半讀完。

於是我做出了決定，連自己也有些意外，我竟然毫無迷惘——我休學了。

幸好我過去從來沒有申請過獎學金，打從心底為此感到慶幸，當然這也得感謝我的母親。

能夠放下的東西，我決定全都放下。貝斯當然也不玩了，畢竟遇上這麼大的事情，不容許我有半分的遲疑。我把貝斯拿到樂器行，想要賣掉，沒想到五年前花五萬圓買的貝斯，對方竟然只願意花三千圓收購。

我迷惘了，猶豫了許久，最後還沒有變賣。雖然沒賣，但也不彈了，當然樂團也不參加了。

我開始思考接下來該何去何從。找工作是我的唯一選擇，而且我沒有錢搬家，所以只能找離家近的職場。

高中畢業，二十歲，沒有任何證照。

我曾考慮過回日本橋的咖啡廳打工。那裡隨時都在徵人，要回去應該不難，只要成為簽約職員，就能擁有完善的社會保險。

但是接下來呢？我的思緒就在這裡停止了。

我知道一定要趕緊採取行動，但我也知道不能因為急躁而貿然行動。如果隨便作出草率的決定，將來可能會後悔。若要舉個不太恰當的例子，就像當初決定和瑞香交往一樣。

隨著日子一天一天過去，母親過世所帶給我的悲傷反而與日俱增，就連父親過世的悲傷也是與日俱增。

好了，結束了，趕快轉換心情，為自己的將來打算吧。我沒辦法這麼說服我自己。我背後的人生實在發生了太多事情，我沒辦法拋開那一切，專心看著前方，我的意志沒有那麼堅定。

時間就在裹足不前的生活中迅速流逝，到頭來我還是著急了。我抱著急躁的心情，漫無目標地在街上遊蕩，最後走進了砂町銀座的商店街。從住處到這裡與前往南砂町站是相反方向，所以我過去很少來到這一帶。

一踏進商店街，我就忍不住被油炸食物吸引，甚至還說出了「**我想在這裡工作**」這種話。

當然熱騰騰的絞肉排的魅力並非唯一的理由，田野倉與我的對話，或許對我的影響更大。

沒錯，我已不知有多少日子沒有與人對話了。仔細想想，在鳥取大學的學生餐廳裡，與尾藤的交談，或許是我最後一次與他人對話。

不想說話時，可以不必跟任何人說話。所謂的孤獨，不就是這麼回事嗎？

最近我只會在一種情況下開口說話，那就是我是付錢的客人。除了「**啊，請給我筷子**」及「**我要的不是特製肉包，是比較便宜的傳統肉包**」之外，我不再需要與任何人對話。

這是多麼可怕的現象，可怕到讓我必須逼迫自己變得積極一點。

＊＊＊＊＊

映樹沒有來。明明已經到了他的排班時間，但他沒有來。

督次不知為何一點也不急，但我可急了，因為我擔心可能會發生像母親一樣的情況。

該上班的人沒上班也沒聯絡，這可能意味著這個人既沒辦法上班，也沒辦法聯絡。

鳥取的中谷兼正與尾藤蕗子等了一天，最後他們得到的是那樣的結果。有了一次的經驗之後，下次他們應該不會再等了，而我也不打算再等了。

映樹是男性，所以不需要女同事陪同。我不禁想像那個畫面——自己跟著督次一同前往映樹的公寓……先向房東或管理員說明原由，並請對方幫忙拿鑰匙開門。如果鏈條是扣上的狀態，即便再怎麼希望映樹只是睡過了頭，還是必須做好心理準備。

最好別等太久。我忍不住想要立刻對督次說出這句話。督次只要聽我這麼說，應該能明白我的意思，因為我已經把自己的遭遇一五一十地告訴他了，他絕對不會認為我是杞人憂天。

但才遲到十分鐘就說，畢竟太早了……應該要等幾分鐘才合適呢？三十分鐘？一小時？還是三小時、五小時？抑或……對於一個才認識一個月的職場前輩，我根本不應該表現得太過擔心？

到了第十五分鐘，映樹竟然若無其事地出現了。

他一面說著：「早！」一面走進店內。

「早你個頭。」督次罵道：「一點也不早了。」

「公車太晚來了。不是我的錯，是公車的錯。」

「那你為什麼不直接走過來？就算用走的，也只要二十分鐘就能到。」

「如果用走的，走到一半一定會被公車追過去，那不是很蠢嗎？明明有定期車票，為什麼不坐公車？」

「至少你也該打電話說一聲。」

「只是晚十五分鐘，也要打電話喔？」

「十五分鐘也是遲到啊！更何況你完全不聯絡，會讓我們擔心。」

「你們會擔心我？」

「因為遲到的是你，我是不怎麼擔心啦！但還是會有點擔心，要是你沒來的話，店裡的工作要由誰來代替？」

「太過分了，好歹也擔心一下我的安危吧。」

「總而言之不准遲到，一定要嚴格遵守時間！否則怎麼當聖輔的榜樣？」

「不必擔心聖輔啦！從他這個月來的表現，大家都看得出來他的工作態度。不過你若要我盯緊他，那也沒問題。」映樹接著轉頭對我說道：「喂，聖輔，你可別遲到喔！別忘了你是走路到店裡，沒辦法把錯推給公車。」

「你這小子……」

督次又驚又氣地罵道。

「你別再惹他生氣了。」

詩子也跟著念了映樹一句。

「映樹本來就在偷雞摸狗的事情上有些小聰明，很清楚什麼樣的情況不會受處罰。」一美跟著說道：「要是一般的職場，遲到又不打電話聯絡，搞不好會被開除呢。」

「醜人多作怪，能力差的人都有點小聰明。」

映樹笑罵地說。

「哇，你這句話簡直就是在說我那個前夫。」

「哈哈，一美的嘴真毒。」

嗯，同事們互相能隨口開這樣的玩笑，可見得關係不差。這確實是我在進入這家店工作後，最讓我感到鬆一口氣的事。同事之間處不好，工作起來就會很痛苦，尤其是人數少的職場，這更是金科玉律。

一個月前，店老闆督次二話不說就錄用了我。

買絞肉排少付七十圓的隔天，我帶著履歷表再度回到田野倉熟食店。

「什麼？你真的來了？」督次顯得有些吃驚。「我以為你思考一天之後就會打消念頭。」

買了打折的絞肉排，又免費拿了炸火腿排，我應該已經心滿意足才對。督次的內心似乎如此預期。

「你真的想在我這裡工作？我這裡不過只是一家平凡的熟食店。」

「請務必雇用我。」

「好吧，既然你這麼說，呃……」督次拿起履歷表看了一眼。「對了，你姓柏木。」

那是他看履歷表的唯一一眼，接著他就把履歷表放進抽屜裡了。

「明天能來上班？」

「可以，沒有問題。」

「好，那就錄用了。」

「真的嗎？」

「嗯，一星期上班五天，工作四十小時，做得到嗎？」

「沒問題。」

「我這家店星期三公休，除此之外，你每星期可以安排放假一天。但是星期六、日特別忙，可能沒辦法讓你放假，你能接受嗎？」

「沒問題。」

「開店的時間是早上十點到晚上八點，但兩小時前就要開始準備材料，所以一天分成早晚兩班，早班是早上八點到下午五點，晚班是早上十一點半到晚上八點半。早晚兩班怎麼安排，也是每星期決定，可以嗎？」

「沒問題。」

「怎麼我說什麼，你都沒問題。」

「能夠讓我在這裡工作，我已經感激不盡了，哪還能提出任性要求。」

「好，以後就麻煩你了。準備材料不是三兩下就能學會，所以你暫時會先從晚班做起，也就是十一點半上班。你的工作主要是應付客人，『歡迎光臨』會說吧？」

「應該沒問題。」

「你好像說過，前一份工作是在咖啡廳？」

「對。」

「說『歡迎光臨』的時候，你可別故意耍帥。」

「請不用擔心，我任職過的那家咖啡廳，就只是非常平凡的連鎖咖啡廳。」

「就算是連鎖咖啡廳，店員也是有愛耍帥的。」

「嗯，這麼說也是。」

「其他有沒有什麼問題？」

「有，我想請問，在這裡工作之後，您會願意幫我在實務經驗證明書上蓋章嗎？」

「咦？」

「簡單來說，就是證明我確實在這裡工作過的證明書。」

「噢，就是老闆蓋章證明某某員工在某某期間曾經任職……」

「對，就是那個。」

當初對督次說出「**請讓我在這裡工作**」雖然有點魯莽，但回到公寓之後仔細盤算，我發現這個決定其實挺不錯。

我大學沒畢業，未來大概也不用指望能畢業了。我能做什麼樣的工作呢？失去大學生身分之後，我就只是個失業者，幾乎可以視為高中畢業後遊手好閒了一年半，沒有知識、沒有技術。以現在的局面，要學習知識或許有些困難，但至少可以學習一些技術。

如果要學的話，我該學什麼？下一秒，腦海已浮現了答案——廚師。

過去我從來沒有想過要當一名廚師，但就在那一瞬間，廚師這個選項突然出現在我的眼前。理由很簡單，因為我對廚師這個職業相當熟悉，因為我父親就是一名廚師。

於是，我立刻上網研究如何當一名廚師。網路上說，最簡單的方法是就讀廚藝專門學校，但就算沒上那種專業的學校，還是有別的方法能當廚師。只要在經營餐飲業、熟食製造業或海鮮販賣業的單位，累積兩年以上的實務經驗，就能參加廚師資格考試。如果是非正職人員，這兩年的實務經驗必須每星期工作四天以上，每天工作六小時以上。但不見得要在同一家店持續工作兩年，只要在每一家店的工作期間全部加起來有兩年就行了。

「我將來想要報考廚師資格考試，很需要這個證照。所以能請您幫我在證明書上蓋章嗎？」

我對督次如此說。

「當然沒問題。既然是這樣，我應該盡快讓你接手製作料理的工作。」

「如果可以的話，那是再好不過了。請多多指教。」

我的新生活就這麼揭開了序幕。

雖然剛開始只是站在店門口招呼客人，但同樣會穿上廚師的白袍，戴上白色帽子。因為我的工作包含以夾子將各種油炸商品排列在托盤或大盤子上，以及將客人點的商品放進透明的塑膠盒內。

「**歡迎光臨**」及「**謝謝惠顧**」說起來一點也不難。一美說我的態度看起來就像咖啡廳店員，其實我自己也這麼想，不知道為什麼，就是有點不搭調。

「你應該說得再草率一點。」映樹這麼建議。「不過，你也不必勉強讓自己變草率，反正過個幾天，你自然就會開始草率了。」

雖然我不想承認自己變草率，但過了一個月之後，我確實變得自然多了，而且我也明白映樹所說的「草率」的意思。簡單來說，就是不做作。

走在店門前方道路上的客人，有時會停下腳步，朝我們擺在門口的熟食看上兩眼。但這時一定要沉住氣，絕對不能急著大喊「歡迎光臨」，因為客人在這時候還不認為自己是客人。如果我說出歡迎光臨，擅自把對方視為客人，會引來客人的反感。等到客人再往前踏一步，對著商品陳列檯上的托盤及大盤子露出物色的表情，這時才算是從「路人」變成「客人」，而此時便是招呼的最佳時機：

「歡迎光臨。」

自從開始在砂町銀座商店街工作之後，我才發現這裡是個相當奇妙的地方。明明位在JR[*10]及地下鐵線路縱橫交錯的東京二十三區內，卻距離每一個車站都很遠；明明距離車站很遠，卻又相當熱鬧。除了本地人每天會來購物之外，還有不少外地人會特地到這裡逛街。整條商店街約六百七十公尺，慢慢走約花十分鐘可以從頭走到尾，很長，卻不會太長，真是恰到好處。

「田野倉熟食店」就位在從丸八通的方向走入商店街約兩分鐘的位置。店面不大，門口擺著油炸食物、燉煮食物及沙拉，除此之外什麼也不賣。由於不賣白

＊注10：JR，Japan Railways的縮寫，即日本鐵路公司。

飯，所以也沒有飯糰或便當，單純只賣配菜，主打的商品是油炸食物。

廚房就在店內深處，沒有設置隔板，從店外也能看得一清二楚，而且冬冷夏熱。由於隨時都在油炸及燉煮食物，夏天全身都很熱，冬天兩腳會很冷。開放式的空間，就算裝了冷暖氣也沒有意義。

廚房有三座冷藏庫及一座冷凍庫，此外當然有油炸機，以及可以放得下兩個大鍋的瓦斯爐及瓦斯烤箱，全部都是特大號的商用規格，在廚房的深處還有一間廁所。

屋子的二樓有兩間房間。其中一間是辦公室兼倉庫，督次及詩子會在這裡記帳；另外一間則是更衣室兼休息室，大家會在這裡換衣服及休息。

包含我在內，總共有五個人在這家店裡工作。

首先是老闆田野倉督次及妻子詩子，督次六十七歲，詩子六十五歲。這對夫妻長年住在商店街附近的社區裡，他們住的是UR[*11]的出租住宅，沒有孩子。

這兩人的工作沒有分早晚班，從開店到關店，他們一直都在店裡。詩子有時會回家做家事，但督次絕對不會離開。除了公休的星期三之外，他們日復一日過著這樣的生活，已經維持了三十年以上。

「我這家店能夠撐到現在，全多虧了詩子的幫忙，而且我們兩人都不曾生過什麼重病。」督次這麼告訴我。「像我們這種小店，疾病是最可怕的敵人。一旦老闆長期住院，店就得關門大吉了。」

店員除了我之外，還有兩人。二十四歲的稻見映樹，以及三十七歲的芦澤一美。

自從我進入這家店工作，還是第一次遇上映樹遲到，但從剛剛督次的口氣聽來，他似乎已經是慣犯了。

就算每個月只遲到一次，還是會被視為慣犯，因此我在咖啡廳打工的時候，對於這點非常小心。我只曾經因為感冒而請假，卻從來不曾遲到過。不，其實有一次，我因為電車誤點而遲到，但有事先打電話聯絡。雖然當時只遲到了十五分

＊注11：UR，Urban Renaissance Agency之意，此處指由獨立行政法人都市再生機構所經營的出租住宅。

鐘左右，就跟今天的映樹一樣，但我還是打了電話。

據說映樹是督次的朋友的兒子，那個朋友的名字是民樹，督次在閒談中經常提到——稻見民樹。

映樹重考了兩次大學，才終於考上一間完全只是因為不想再重考才報名的三流大學。但他讀了半年之後就休學了，從此過著打工生活，而且是幾乎整天無所事事的打工生活。民樹放心不下，於是拜託督次幫忙照顧兒子。

如今映樹一個人住在江戶川區一之江町的公寓裡，上班必須搭乘都營新宿線到西大島，再轉搭都營公車。他今天遲到，就是因為公車太晚來。

正如同一美的形容，映樹是個有點小聰明的人物，而且他的手法相當高明，令人不得不佩服。我也不知道該怎麼形容……總之，他很會使喚人，讓別人做他的工作。

我是新人，工作上很多事情都要向映樹請教。學會了之後，我就會拚命地做；等到做得很習慣了，再請教另一項工作，然後同樣拚命地做。

到了這個階段，映樹可能會教我前一項工作能夠做得更省事的技巧。我聽了總是會大感佩服，原來還有這麼輕鬆的做法，但我不會認為他打從一開始就應該教我比較輕鬆的方式。由於感覺自己進步了，所以前一項工作也能做得更起勁。

至於映樹這時候在做什麼呢？轉頭一看，他往往正在偷懶。他摸魚的技巧，可說是無人能比。

當初我在咖啡廳打工時，同事裡也有這種人，但他們的摸魚行徑通常馬上會被發現，而且大家會在背後抱怨：「**那個人老是把工作推給別人。**」然而，映樹的情況並不是這樣，就算做著他的工作的人發現他在偷懶，也不會對他心生埋怨，頂多只會像剛剛督次一樣，嘴裡嘀咕一句：「**這個臭小子。**」

所有同事之中，尤其詩子對映樹特別溺愛。映樹的膽子也很大，敢把工作推給堂堂的老闆夫人，甚至是在犯了錯之後，要老闆夫人幫忙收拾善後。詩子總是一邊笑著說：「**真拿你沒輒。**」一邊出手幫忙。如果被督次發現，督次往往會要求映樹自己做，但映樹很精明，十次中有八次不會被督次發現。

不過，一美就沒那麼好對付了，連映樹也不敢把工作推給一美，因為十次中有十次會被一美發現。

話說回來，就算映樹想把工作推給一美，實際上也做不到。因為只要是一個人能夠完成的工作，一美一定獨力完成。唯有實在無法獨力完成的工作，才會找映樹幫忙，接著映樹又會把這件工作推給我，這已經成為常態了。

一美的住處是大島的都營住宅，最近的車站是西大島。但由於住處的位置與店面在同一個方向，因此總是走路到店裡上班，不像映樹要搭公車。從這個做法，也可以明顯看出一美不想讓雇主督次負擔交通費的態度。

一美現在是單身，但曾經結過婚，有一個小孩。她的小孩叫準彌，今年十四歲，就讀國二。一美獨力撫養準彌，所以每天會把賣剩的熟食帶回家。所有老闆都是盡量不讓東西賣剩，但督次和詩子卻似乎總是故意留下一些，因此一美每天都會向他們道謝。

我自己也常把可樂餅帶回家，這裡的可樂餅實在好吃，每天吃也不會膩。但有時我得稍微裝出吃膩的態度，因為如果我不這麼做，一美就會想把可樂餅讓給我。

田野倉熟食店所販賣的菜餚，全都是手工製作，不僅是油炸物及燉煮物，就連馬鈴薯沙拉及通心粉沙拉也不例外。尤其是馬鈴薯沙拉，絕對騙不了人，是不是手工製作，只要吃一口就知道。

像是，便利商店或超市所販賣的便當裡，有時會放入少量的馬鈴薯沙拉當作配菜，由於只有一點點，所以吃起來會覺得還不錯。但是那種馬鈴薯沙拉，絕對吃不了一整碗。

相較之下，田野倉熟食店的馬鈴薯沙拉，就算吃再多也沒問題，味道不太鹹，而且有著明顯的馬鈴薯氣味。根據督次的說法，他是故意保留了馬鈴薯的味道；作法是煮的時候不要煮得太軟，搗碎的時候也不要搗得太碎。

「要拿捏到恰到好處，可沒那麼容易。」一美這麼告訴我。「我有時自己在家裡也會做，所以很清楚。我做的就是與這裡的有微妙差異，沒辦法完全相同。

有時準彌吃了我煮的馬鈴薯沙拉當晚餐，還會說他寧願吃我從店裡帶回去的。」

從上個星期起，我開始負責削馬鈴薯的皮。馬鈴薯沙拉及可樂餅所使用的馬鈴薯，都是煮過之後才去皮，所以我負責削的是燉煮用的馬鈴薯。

督次叫我拿菜刀削皮，我照著做了，削沒兩下，就在手指上割了一刀。上次看到自己的血，已不知是多久以前的事了，我不禁嚇得慌了手腳。

「真是笨拙。」督次說。

「第一次削能削成這樣，已經算手指很靈巧了。」詩子說。

「看起來就是個靈巧的人。」一美說。

「你可別把馬鈴薯沙拉染成紅色。」映樹說。

我擔心映樹的話成真，所以那天沒有再繼續削馬鈴薯。

但是傷口癒合之後，我每天都削，動作也變得熟練得多。

「他果然很靈巧，學得很快。」一美對督次說。

「糟糕，搞不好再過一個月，我就被這傢伙超越。」映樹對詩子說。

雖然馬鈴薯沙拉也很好吃，但田野倉熟食店最大的賣點還是可樂餅，也就是我第一次造訪這家店時沒吃到的可樂餅。若要使用帥氣一點的說法，這裡賣的是「原味」可樂餅，也就是口味最單純的馬鈴薯可樂餅。

一個賣五十圓。事實上，其他地方要找到更便宜的可樂餅並不難，有的地方賣四十圓，有的地方賣三十圓，據說超市裡還能找到二十圓的可樂餅。五十圓的可樂餅說實在並不便宜，但只要吃一口就會發現，它一點也不貴。

據說五十圓這個價格，從以前到現在從來沒變過。當消費稅上漲到八％，實際上算是降價了。為了維持田野倉熟食店的可樂餅就是五十圓這個形象，他們不惜犧牲了利潤。

這裡的可樂餅就跟馬鈴薯沙拉一樣，有著明顯的馬鈴薯氣味，但又不會太強烈，且不會太甜。廉價的可樂餅通常都是以濃濃的甜味來掩飾其廉價感，但這裡的可樂餅不必這麼做，那個味道只能以恰到好處來形容，麵皮香脆，給人一種「精肉店賣的高級可樂餅」的感覺。因為使用了很好的油，所以就算擱置了一段時間，麵皮也不會變軟；如果使用了廉價的油，差異就會非常明顯。

曾經有一次，我以宛如美食節目的外景女主持人的口氣詢問督次。

「請問你做可樂餅的堅持是什麼？」我問。

「哪有什麼堅持。」督次回答。

「沒有堅持就是他的堅持。」映樹說。

「我不是那個意思。說到底，不是我做的可樂餅好吃，而是可樂餅這種東西本來就好吃。不是因為我做才好吃，而是因為好吃我才做，就是這麼簡單。」

「噢，督次哥，你真是說得太帥了。」映樹諂媚說道。

詩子與一美也都笑了。

我臉上雖然堆著笑意，但心裡其實大受感動。就在這個瞬間，我已認定他是個可以信任的人。

「我們這家店，就只是一家平平凡凡的熟食店，不需要什麼幾顆星的評價，也不需要與眾不同。只要能讓剛出生的嬰兒及八十歲的老爺爺、老奶奶覺得好吃，我就心滿意足了。當然如果有人要給我星星評價，我也樂於接受。」

我心想，如果任何人吃都覺得美味的可樂餅無法拿到星星評價，那什麼店才能拿到？

「但你可別想實際嘗試，聖輔。」

「什麼意思？」

「你可別拿可樂餅給剛出生的嬰兒吃。」

「啊，好，我不會嘗試的。」

在這短短一個月的時間裡，我知道了一件事。

那就是田野倉熟食店的可樂餅在商店街有很多愛好者。例如：「美麗專科出島」的出島瀧子；「LIQUOR SHOP小堀」的小堀進作、裕作、千里、千夏妹妹……光是我記得名字的人，就有五個。

雖然我們店裡沒有提供外送或宅配服務，但基於瀧子的個人請求，我們常會將料理送到「美麗專科出島」。由於我是新人，外送的工作當然總是落在我頭上。

「美麗專科出島」是一家女性服飾店。雖說是服飾店，但畢竟是商店街裡的服飾店，跟所謂的高級時裝無法相提並論，而且顧客族群也偏向高齡婦女，店裡甚至還販賣豹紋的服飾。

六十二歲的瀧子獨自一人經營著這家店，據說有時她的丈夫貞秋會來幫忙，但我一次都沒有見過。

「以後大概也沒機會見到了。」瀧子這麼跟我說。「剛開始的時候，他每天都來幫忙，現在卻只會整天在外頭玩樂。」

據說貞秋在即將退休的年紀辭去了工作，原本打算專心在店裡幫忙，後來他發現店裡一點也不忙，所以他便改忙自己的賽馬跟小鋼珠。

「不過，我嚴格限制了他能用的錢。要是他敢多用，我馬上跟他離婚。」

瀧子向我如此說道。

「他們不會離婚的。」督次告訴我。「瀧子的老公愛她愛得不得了，他們保持那樣的距離，其實是維持良好關係的祕訣。」

大約一星期一次，我會帶著料理前往「美麗專科出島」。瀧子的最愛是豆渣可樂餅，這個也相當美味，而且其他地方吃不到。

所謂的豆渣，是製作豆腐時剩下的殘渣，據說有些店家會直接把它丟掉。沒想到這東西在加入可樂餅之後，竟然美味得有如重獲新生一般，真是資源再利用的最佳範例。

「美麗專科出島」的店裡有時會出現一隻貓，我總共去過五次，其中兩次遇見過那隻貓。不過那不是野貓，而是胖得圓滾滾的家貓，身上有著黑色與白色的斑紋。瀧子會從附近的自家將貓帶到店裡來，這是牠每天的唯一運動，因為太胖的關係，平常總是動也不動，趴在店內的長椅上。

我不太喜歡接近牠，幾乎對牠連瞧也不瞧一眼，幸好牠也對我不感興趣，對我連瞧也不瞧一眼。不，那甚至不是瞧不瞧我的問題，因為牠的眼睛大部分時間都是閉上的狀態，就算睜著眼睛，也常張大了嘴打呵欠。

我不討厭貓，或者應該說，還不到討厭的地步。但自從父親車禍過世之後，我就變得沒有辦法平心靜氣地看著貓，無法再率真地把貓當成一種可愛的動物。當有人問我喜歡貓還是喜歡狗，我的答案變成了狗。

另外一間「LIQUOR SHOP小堀」，則從來不會拜託我們送料理過去。瀧子一個人顧店，只能請我們幫忙送料理，但「LIQUOR SHOP小堀」沒有這個必要，他們只要隨便派一個人來買就行了。大部分的情況下，都是千里帶著千夏妹妹來買午餐的配菜。

千里大約三十歲年紀，女兒千夏妹妹三歲，可愛到妖怪看了也會眉開眼笑。她的口頭禪是「偶是千夏」。不過她並不是年紀太小而口齒不清，誤把「我」說成了「偶」，當她說「偶」的時候，發音非常清楚，所以我猜想她心裡以為「偶」才是正確的發音。

督次看見千夏妹妹，有時會多給一塊可樂餅，如果是詩子遇上了，甚至會多給兩塊。

「帶她來簡直像故意要佔你們便宜。」

千里經常笑著這麼說。千夏妹妹明明聽不懂，在旁邊也笑得開懷。

任誰看了那有如向日葵一般的笑容，都會想要多給一點東西吧。我總是稱千夏妹妹為砂町商店街的天使。

「LIQUOR SHOP小堀」據說原本的店名是「小堀酒店」，幾年前進行店鋪裝修，連店名也跟著改了。重新開張之後，不僅配送的範圍變大了，而且販賣的葡萄酒種類也變多了。據說那是因為他們很清楚價格競爭不可能贏得了超市之類的量販店，所以只好想辦法提升自己店鋪的優勢。

老闆名叫小堀進作，店鋪是由他及他的兒子裕作、媳婦千里三人共同經營。根據督次的描述，當初在變更店名時，父子其實發生了爭執，父親進作原本反對變更店名，但是裕作說服了父親。

「年輕人想買氣泡葡萄酒，絕對不會在名為『小堀酒店』的店裡購買。我們想要生存下去，就得大幅改變才行。」裕作這麼告訴父親。

經過一番激烈討論之後，雖然保留了「小堀」，但把「酒店[*12]」變更為「LIQUOR SHOP」。這可說是雙方妥協之後的結果。

由於他們經常光顧我們的熟食店，所以前陣子我下定決心，到「LIQUOR SHOP小堀」購買啤酒，而且不是所謂的第三類啤酒[*13]，而是普通的啤酒。五百毫升的罐裝啤酒，我買了兩罐，這已經是我能負擔的最大極限了。

當時千夏妹妹剛好在店裡，在千里的誘導下，千夏妹妹對我說了一句：「嘛嘛惠顧。」光是能聽到這句話，我就覺得在這裡買啤酒一點也不比超市貴，甚至有點認真地想像過，假如千夏妹妹一整天都待在店裡，營業額應該會提升。

我把這個想法告訴了督次。

「開店沒那麼容易，要是這樣就能提升營業額，進作和裕作早就讓千夏妹妹一整天都待在店裡了。」督次如此回答。

＊　＊　＊　＊　＊

映樹遲到的那一天。

讀大學時一起組樂團的彈吉他的劍，難得到我的公寓過夜。自從休學之後，這是第一次和他見面，我甚至以為兩人再也沒有機會碰面了。所以剛見到他時，有股莫名的緊張感，但是劍還是老樣子，讓我的緊張馬上就消失了。

「噢，你看起來挺有精神嘛，聖輔。」

「算有精神嗎？」

「社會人士的生活過得如何？」

「只是打零工度日而已，算不上什麼社會人士啦。」

「不，你已經是名副其實的社會人士了。你靠自己賺的錢維持生計，不是社會人士是什麼呢！」

＊注12：日文中的「酒店」是指販賣酒的傳統商店，與中文裡的「酒店」意思並不相同。

＊注13：第三類啤酒，指原料或製作方式不同於傳統啤酒或發泡酒，但風味類似啤酒的發泡性酒精飲料。

「稱不上維持生計，我得省吃儉用，才能勉強溫飽。」

「如果有我幫得上忙的事，盡管說別客氣。不過就憑我，大概沒什麼忙能幫得上吧。」

劍雖然嘴上這麼說，但他其實已幫了我大忙，他帶來了罐裝啤酒，以及當作下酒菜的脆薯棒[*14]。每次他來我房間過夜，總是會帶一些東西來。因為他與父母同住，而且有打工，所以在金錢上相當慷慨。

我與他相對而坐，中間隔了一張從宜得利（NITORI）買來的小矮桌，兩人屁股底下的座墊，也是在宜得利買的。

我們舉起罐裝啤酒乾杯，吃起了脆薯棒。他買了兩種口味，分別是沙拉和起司，我們會把兩包同時打開，這已經是我們的固定吃法了。如果出了期間限定的脆薯棒，劍有時也會買來嚐一嚐。

劍喝口啤酒，拿起脆薯棒咬住一端，嚼得喀喀有聲。

「等等，我現在才看到，你的貝斯怎麼在這裡？不是賣掉了嗎？」

那把貝斯正收在軟套裡，倚靠在牆角。自從將它從樂器行帶回來後，一次都沒有拿出來過。

「我拿到樂器行，對方只開價三千圓，所以我沒賣。」

「三千圓？我記得你這把貝斯不是花五萬買的嗎？」

「是啊。」

「那個人是想坑你吧？他知道你既然拿去賣，再便宜也會答應。」

「這我也不曉得。但我說不賣了，他也沒提高價格。」

「怎麼不放在網路上拍賣？」

「這我也想過，但總覺得麻煩。而且樂器的買賣比較容易產生糾紛，買家可能會抱怨傷痕比想像中多，或是突然發不出聲音什麼的……」

「既然沒賣，怎麼不繼續玩樂團？」

「不可能啦！我已經完全沒在彈了。」

＊注14：脆薯棒，原文作じゃがりこ，以馬鈴薯製成的條狀零食，由日本著名零食廠商Calbee所發售。

「既然你沒賣，不就表示心裡捨不得？」

「沒那回事，何況我是真的沒時間玩樂器，我現在得趕快學會使用菜刀的技巧才行。有時間彈貝斯，不如多削一顆馬鈴薯。」

「你彈貝斯這麼厲害，一定沒問題的啦！」

「彈貝斯跟拿菜刀無關。」

「不，當然有關。樂器彈得好，就表示手指靈巧，做料理當然也能得心應手。」

「那你也來吧！」

「我不行啦！我的吉他彈得那麼遜。而且老實說，我連蘋果皮也不會削，能順利把皮剝下來的水果，大概只有香蕉跟橘子而已。啊，伊予柑應該可以，但八朔柑就不行了。那個要剝之前，得叫我媽幫我拿菜刀在上頭劃幾刀。無論如何一定要有媽媽才行……啊，對不起！」

「怎麼了？」

「我不該在你面前說什麼一定要有媽媽這種話。」

「噢，你別那麼在意。你沒說，我根本也沒想到。」其實我早就意識到了，但我只能這麼說。短時間之內，這樣的對話大概會出現好幾次吧。

「我記得你爸爸也是廚師？」

「嗯。」

「所以你也要當廚師？」

「只是剛好而已。」

閒聊幾句之後，話題一時之間接不上，於是劍拿起遙控器，打開了電視。電視上正在播放美食節目，內容在介紹哪一家餐廳的什麼餐點特別美味。

——**請問你的堅持是什麼？**

外景女主持人真的對鰻魚店的老闆問了這個問題，而且前面沒有任何鋪陳，老闆明明沒說自己有堅持，女主持人卻劈頭就問出這句話，彷彿開店一定要有堅持。她的態度彷彿在訴說著：一定有的，對吧？

——我們這家店已經開五十年了，這五十年來，我們的醬料一直是用新醬混舊醬的方式在使用著。

——噢，獨門祕方的醬料，難怪這麼美味。

女主持人的口氣不知為何異常興奮。

嗯，應該很美味吧！我也不禁這麼暗想。

「五十年來都用同一缸醬料？不會很髒嗎？」

劍的反應卻截然不同，我笑了出來。嗯，應該很髒吧！我也不禁這麼想。人家都說醬料要新醬添舊醬才會好吃，但我不知道理由到底是什麼。只是一天到晚看電視上這麼說，就認為應該就是這樣。同樣的例子，還有咖哩要放隔夜才好吃，以及路邊攤的拉麵特別好吃等等。

「不過就算髒也沒關係，好想吃鰻魚啊……」

劍突然說道。

「我這輩子大概是別指望能吃到了。」

「喂，別說這種喪氣話嘛！」

「沒關係，反正我也不怎麼愛吃鰻魚。」

「真的假的？鰻魚很好吃吔！」

「好吃是好吃，但我總覺得那是醬料的味道，不是鰻魚的味道。」

「嗯，這麼說也有道理。你若問我鰻魚是什麼味道，我也說不上來。」

「要不要吃泡麵？AEON的PB泡麵。」

「你要分我吃？」

「嗯，當作啤酒跟脆薯棒的回禮。」

「那就不客氣了。不過在吃之前，聖輔，我想問你一件事。你白天是不是不在家？」

「咦？」

「你白天要工作，應該不在家吧？」

「是不在家啊！」

「每週幾放假？」

「一天是星期三，另外一天不固定，目前我是放星期一比較多。」

這是因為映樹通常放星期二，一美通常放星期四，再加上星期三，他們就可以連放兩天。

「這麼說來，除了星期一跟三之外，你中午應該都不在吧？」

「嗯，對啊！」

「既然是這樣，我偶而來你這裡睡覺，可以嗎？」

「睡覺？」

「是啊！你也知道，我的打工都是晚上居多，有時學校到第二堂之後就沒課了，空檔時間非常長。如果能讓我來這裡睡覺，我會很感激你。」

劍在東陽町一家餐廳酒吧打工，大學在飯田橋，家在西船橋。全都在地下鐵東西線的沿線上，打工的地點就在大學及家的中間，就跟我當初選擇在日本橋打工一樣。

東陽町就在南砂町的旁邊，從我的公寓走到東陽町，只要大約二十分鐘。因此劍從以前就常來我的公寓過夜，有時打工結束之後，他懶得回家，就會跑來我這裡借住一晚。

「第二堂之後就沒課的那天是星期五，但是星期五剛好是我打工的店最忙的日子，如果能找個地方補眠，就會輕鬆很多。第二堂課在中午十二點四十分結束，要是大老遠回到西船橋，五點又得到東陽町打工，實在是一件蠢事。拜託你，要我付錢也可以，就像上賓館休息一樣。」

「不用了，不必付我錢，你今天已經請我喝啤酒了。」

「以後除了脆薯棒之外，我還會買更多配酒的零食來給你吃。好不好，拜託你了。」

「好吧，如果只有中午的話……」

「太好了，謝謝你！聖輔，你真是好人！」劍灌了一大口啤酒，接著又問：

「問題是鑰匙怎麼辦？」

「放在信箱裡好了，上頭有密碼鎖，不用怕被人拿走。」

「但你應該不想讓我知道信箱的密碼吧？」

「既然都讓你來家裡睡了，告訴密碼也沒什麼。」

「這樣不好啦！如果可以的話，我也不想知道你的密碼，問了密碼又怕忘記，而且星期五以外的日子也有可能突然遇上停課。你說的這個方法，沒辦法應付特殊狀況。」

「還是你要帶走備用鑰匙？」

「你有備用鑰匙？」

「有啊，當初認為有可能用到，就先打好了。」

「為了將來交給女朋友？」

「倒也不是那種理由。」

「難不成是事先猜到我會拜託你這件事？」

不是，當然不是。其實是原本以為有可能會給瑞香備用鑰匙，結果還沒給就分手了。

「嗯，好吧，既然要請你幫這個大忙，我就不問這種會讓你尷尬的問題了。聖輔，你真講義氣，謝了。我發誓，絕對不會把你房間弄髒，也不會偷看你的存摺。」

「你看也沒關係，反正裡面也沒多少錢，就一百萬出頭。」

「一百萬出頭？真是有錢。」

「一點也不有錢。你仔細想想，那是我整個柏木家的所有財產了。房間是租來的，工作是打工，父母都死了。這還不糟糕嗎？要是再出什麼狀況，我就活不下去了。」

我打開從宜得利買來的收納盒，取出備用鑰匙交給劍。

「你真的很講義氣，一般人可不會隨便把房間備用鑰匙交給朋友。」

「你剛剛的意思，不就是想要我房間的備用鑰匙？」

「話是這麼說沒錯，但我沒想到你真的願意給。這麼做好嗎？雖然是朋友，但也不過是從前念大學的朋友，你根本不清楚我這個人的來歷。」

「來歷？我很清楚啊！你是從西船橋來的。」

劍一聽，忍不住笑了，我也笑了。如今的我不想再錯過任何笑的機會。

離開了大學及樂團的環境之後，我原本以為再也沒有機會跟他們聯絡了，在今天之前，我根本沒料到劍還會來找我喝酒聊天。仔細想想，是我得到了幫助，劍給了我很大的幫助。

＊＊＊＊＊

熟食店跟便當店不同，客人不會完全集中在中午吃飯時間，雖然多少還是會有集中的現象，但不像便當店那麼明顯。

過了午餐時間之後，客人雖然會減少，但還是會三三兩兩地上門，不至於一個客人都沒有。過了下午五點之後，又會因為購買晚餐配菜的人潮，而逐漸變得忙碌。為了在晚上也能提供新鮮配菜，我們從下午就得加緊腳步補菜。

打烊時間是晚上八點。沒賣完的配菜都只能丟棄，所以必須調整配菜的製作量。判斷每種配菜要製作多少分量，也是督次的工作之一。下雨天客人會減少，賣出的量當然也會下滑，這點也必須列入考慮。話雖如此，但也不能讓擺在門口的托盤及大盤子一下子就盤底朝天。

這天，接近下午四點。

我從「美麗專科出島」回來，映樹正要準備休息，我接替他的工作，站在門口招呼客人。即使是上班日的這個時間，商店街還是有一定的人潮，有人走路，有人騎著腳踏車。

我看見了兩個結伴而行的年輕男女。從那兩人的服裝看來，應該不是住在附近的居民，因為他們的穿著都經過特別打扮，顯然是特地從遠方來到這裡逛街。那對年輕男女在田野倉熟食店前停下了腳步，他們的視線在各種油炸物上遊移。

一如往昔，這個時候我不會轉頭面對他們，會先給他們一點時間，看看我們這家店販賣哪些商品，分別是多少錢。

「果然沒錯。」

年輕女人開口說道。她的聲音有點大，似乎說話對象並不是站在她旁邊的年輕男人，而是站在商品陳列檯裡的我。

我朝她輕輕瞥了一眼，果然，她也正在看我。

「什麼？」

我下意識地回應。

「你是柏木吧？」

「啊，是。」

我轉頭看著女人的臉，但為了避免失禮，我不敢朝她上下打量。

「唉，你不認得我了嗎？」

聽到年輕女人這句話後，我沒有其他選擇，只好重新仔細打量了她。

「妳是……呃……八重樫？」

「對，我是八重樫。但我已經不是八重樫了，我現在姓井崎，水井的井，崎嶇的崎。太好了，你還記得我。」

「我記得妳的名字是……青葉？」

「嗯。」

她的名字叫青葉，是我的高中同學，高三的時候，跟她同班。換句話說，她也是鳥取人。我畢業才一年半，卻沒有馬上認出她，主要的理由是她換了髮型。不過若問我當時她的髮型是什麼，老實說我也不太記得了，只記得似乎比現在更長一點、更直一點；現在她的髮型好像是所謂的層次鮑伯頭*15吧。

「今天怎麼會來這裡？」我問道。

「來玩啊！電視上有時會介紹這條商店街，所以我就來了。」

「噢。」

「聽說這裡是有名的邊走邊吃聖地？」

＊注15：層次鮑伯頭「レイヤーボブ」，即加入了層次感的鮑伯頭，一種女性短髮造型。

「嗯，不過嚴格來說，我們會盡量請客人不要邊走邊吃。」

「真的假的？」

「是啊！不過客人要怎麼吃，我們也無法干涉。」

「那當然。」青葉身邊的年輕男人此時開口說道：「畢竟客人最大。」

「他是高瀨涼。」

青葉向我介紹。高瀨涼是個身高很高的男人，比我高了將近十公分，應該有一百八十公分以上。

「他是柏木聖輔，我的高中同學。」

青葉接著轉頭對高瀨涼說道。

「這麼說來，他也是鳥取人？」

「嗯。」

「你們都是混砂丘的。」

「我們沒有混過砂丘，那個地方我只去過兩、三次。柏木，你呢？」

青葉回應高瀨後，轉頭問我。

「我也一樣。」我回答。

「唔，或許當地人不會去吧。像我也只去過一次東京鐵塔。」高瀨涼說。

「沒錯、沒錯。」青葉說。

「你是哪裡的？」

高瀨涼突然轉頭問我。

「什麼？」我反問。

「大學讀哪裡？」

「啊，呃……我休學了，現在沒上大學。」

「咦？你不是讀法政嗎？」青葉問：「你不讀了？」

「嗯。」

「法政……那我們算是六大學*16的同伴。我是慶應。」

＊注16：六大學，指組成東京六大學棒球聯盟的六所東京名校，分別為東大、慶應、早稻田、明治、法政、立教。

「噢噢，高材生。」我說。

雖然我自己也覺得這麼說很窩囊，但聽到有人讀東大、早稻田或慶應，還是會忍不住這麼稱讚，當年我的成績甚至連報考也沒有資格。

「八重樫……不，井崎，妳讀哪裡？」

只知道高瀨涼的大學也很怪，所以我接著問道。

「首都大學東京。」

「對，我都忘了。就是從前的東京都立大學，對吧？」

「對，我讀那裡的健康福祉學系。今年升上二年級之後，改到荒川校區上課，所以我現在是荒川區民了。柏木，你呢？你現在住哪裡？」

「就在這附近，所以我是江東區民。」

「噢，是嗎？」青葉接著又問：「我們剛剛在路上擦肩而過，你記得嗎？」

「不記得。」

「那時候我要閃避一個騎腳踏車的伯母，你看見了，還故意避到一邊，把路讓給我。」

「有這件事？」

「是啊！我一看到你的臉，馬上就認出來了。你身上穿著這種服裝，我忍不住一直觀察著你。後來我看你走進這家店，就跟著來了。」

穿著這種服裝……她指的是白色廚師袍。送配菜到「美麗專科出島」的時候，我並不會特地換衣服，只會把帽子拿下。只要不離開商店街，這樣的穿著就一點也不引人側目。

「你在這裡工作？」

「嗯，雖然只是打工，但我當成正職在做，因為我已經沒讀大學了。」

「原來你沒讀了……你常回鳥取嗎？」

「不，我不會回去。或者應該說，我回不去了。」

「咦？」

「我在鳥取已經沒有可以回去的地方了。」

「什麼意思？」

「這個嘛……說來話長。」

青葉或許是察覺氣氛不對，馬上住了口，沒有再繼續追問。

「偶而來這種地方逛逛也很不錯。」高瀨涼對青葉說道：「好了，差不多該走了。」

「嗯。」青葉接著對我說道：「我很想吃你賣的可樂餅，可惜剛剛已經在別家店吃過了。對不起，下次來我一定會買。」

「不用在意這個啦！」我說。

「能不能把你的聯絡方式告訴我？」

「啊，好。」

但由於我正在工作，不可能立刻拿出手機，所以我只是將LINE的ＩＤ告訴了她。礙於當下的氣氛，我也對高瀨涼說了。

「我們先走了。」青葉說。

她並沒有說：**再聯絡**。想想這也是理所當然的事，在東京偶然遇上同鄉的舊識，不假裝問個聯絡方式就太失禮了。她是因為這樣才問的，沒有其他理由。

雖然知道了聯絡方式，但她大概不會跟我聯絡吧！我原本抱著這樣的想法，沒想到就在隔天的晚上，她馬上就跟我聯絡了，而且還是直接通話。

『昨天沒機會和你好好聊一聊，要不要約出來見面？』

互相寒暄了幾句之後，青葉提出邀約。

『我是沒問題，但那個人不會介意嗎？』

『別擔心，他只是前男友。』

『就算是前男友，也是會介意吧？』

『別管他。既然是前男友，跟其他朋友也沒什麼不同。』

『沒什麼不同嗎？』

『沒什麼不同。前女友說沒什麼不同，就是沒什麼不同。』

『好吧，既然妳這麼說。』

『要約什麼時候？』

『我星期三放假，最好能約那天。如果是下星期的話，星期一也行。』

『好，那就星期三吧！但我那天要上到第五堂，我們約晚上七點好嗎？』

『嗯，如果不方便的話，也可以約不用上到第五堂的日子，有些日子我五點就下班了。』

『不用上到第五堂的日子，我也排了打工。』

『好，那就約星期三。』

『柏木，你上次說你住在那附近？』

『嗯，南砂町，就在商店街附近。』

『好，那就選兩邊的中間，約在東京車站如何？』

『東京車站是兩邊的中間嗎？』

『不是嗎？我去年住南大澤，今年住荒川。老實說，對東京的地理還完全沒有頭緒。』

『好，那就約東京車站。』

『東京車站可是大得很，那是鳥取車站的幾倍？』

『或許不到十倍，但應該有五倍吧！我記得新幹線還排到二十幾號線。』

『約中央口可能範圍太大了，不如約八重洲的北口如何？』

『好啊，離東西線的大手町很近。』

『好，那就約那裡。星期三晚上七點，八重洲北口的剪票口外，見了面之後找間咖啡廳坐坐吧！』

『嗯。』

於是到了星期三，我與青葉約在東京車站的八重洲北口碰面。

我本來打算搭地下鐵東西線到大手町，但後來決定在前一站的日本橋下車，因為車票便宜三十圓，而且從日本橋走到東京車站不用十分鐘。

當我抵達的時候，青葉早已等在那裡了。

「久等了。」我說。

「你沒讓我等，距離約好的時間還有五分鐘呢。我明明是照著轉乘APP的指示搭車，卻還是來太早了。」

「一起吃晚餐嗎？」

我試探性地問道。

「嗯。」

「要吃什麼？」

「什麼都好。不過既然要喝茶，不如一開始就挑一家咖啡廳吧！不管是哪一家，應該都有餐點才對。」

「好，那就這麼做。」

由於這時已經入夜，我們不想特地到車站建築外頭找店家，於是走下了八重洲地下街。我們發現了好幾家連鎖咖啡廳，但我跟她都是不習慣星巴克的鳥取人，所以最後決定走進一家CAFE de CRIE*[17]。

我點了一份雞蛋吐司三明治，由於能夠選擇附飲料的套餐，價格還算可以接受。青葉則點了鮭魚吐司三明治，上頭淋著奶香檸檬醬，一看就讓人覺得是女孩子吃的食物。至於飲料，我跟她都點了特調咖啡。

我們挑了一張兩人座的桌子，面對面坐下，吃起了我們的餐點。桌子不寬，青葉就近在我的眼前，讓我心裡有些緊張。

「抱歉，突然把你找出來。」

青葉開口說道。

「無所謂，反正我放假。」

「上次因為高瀨在場，很多話不方便聊，但我心裡其實對你的很多事情感到很好奇。」

「其實我也對妳的事情感到好奇。」

「你好奇的是我為什麼換了姓氏，對吧？」

＊注17：CAFE de CRIE，日本相當常見的連鎖咖啡廳，直營店由Pokka Create公司負責經營。

「嗯。」

我老實點頭回應。

「我媽媽再婚了，所以我從八重樫改姓井崎。」

「這麼說來……妳家在妳讀高中的時候，一直是單親家庭？」

「是啊，你不知道？」

「不知道。」

「噢，不知道也很正常，我很少向人提起。」

尤其是不可能對男同學說，更何況那個男同學只是剛好同班而已，完全沒有任何交集。

「我剛出生的時候姓園，公園的園，所以我叫園青葉。到我上國中的時候，我媽媽離了婚，我改姓八重樫。到我上高中的時候，我媽媽再婚了，她改姓井崎，但我直到來東京念大學之後才改，省去很多麻煩。」

「啊，原來如此。」

「難不成你以為我嫁給了那個高瀨？」

「我沒那麼想過。」

「我現在的爸爸叫井崎平太，平坦的平，太胖的太。他是汽車製造廠的員工。」

「噢。」

「站在旁觀者的角度來看，他是個好人。他和我媽媽是在醫院裡認識的。」

「在醫院？」

「對，我媽媽是護理師。跟住院病患相識結婚，簡直像連續劇的劇情。有點好笑吧？」

「原來現實中真的有這種事。」

「不僅有，而且好像還挺多。畢竟護理師認識異性對象的機會，大多還是在醫院裡。」

「這麼說來，妳念現在的科系，也是受了妳母親的影響？」

「嗯，或許吧。我確實有點想當護理師。」

「護理師的工作不是很辛苦嗎？」

「辛苦是辛苦，但收入還不錯，職缺也多。因此我媽媽在離婚後獨力扶養我，日子也還過得去。」

「我記得鳥取大學也有相關的科系吧？」

「醫學院的保健學科。」

「私立的大學裡，不是也有一所鳥取看護大學？」

「嗯，但我已經不是國小、國中生了，覺得與父母親稍微拉開一點距離，反而能夠建立良好關係。」

我心想，或許她是不想讓新的父親感覺生活得不自在吧。

「而且我本來就想來東京念書，我爸爸媽媽也都很贊成。但我不想花他們太多錢，所以在町屋站的一家鞋店裡打工。」

「妳說妳住在荒川區？」

「是啊，公寓就在大學旁邊，離荒川遊樂園也很近。」

「什麼是荒川遊樂園？」

「專為孩童設計的遊樂園。雖然地方不大，但是摩天輪、雲霄飛車等設施應有盡有。不過這裡的雲霄飛車可能飛不起來，因為它號稱全日本速度最慢的雲霄飛車。」

「聽起來很有意思。」

「嗯，我也還沒去過，想找一天去見識一下。啊，對不起，我只顧著說自己的事。今天約你出來，明明是想聊你的事。」

我心想，青葉剛剛說了那麼多，應該是故意的吧。她想必是認為要問別人的事情之前，得先把自己的事情交代清楚。

事實上，我也因為先聽了青葉那些經歷，對自己的事情也不再那麼難啟齒。

於是我吃了一口三明治，喝了一口咖啡。

「我的父母都去世了。」我說。

青葉的臉上流露出了緊張的神情，或許她早已猜到我的情況不太好，但沒想到會這麼慘。

「柏木，我記得你原本就跟母親相依為命，不是嗎？」

「妳知道這件事？」

「嗯，高中時曾聽說你的父親過世了。」

「對，在我讀高二的時候。」

「我們是高三才同班，那時我就曾聽說，你的父親剛過世不久。」

「原來如此。」

「這麼說來，你的母親也走了？」

「嗯。」

接著我一口氣說出了自己的遭遇——母親因不明原因而突然猝死，幸好職場同事發現得早，遺體沒有擱置太久。為了舉辦喪禮，我回了鳥取一趟，一位遠房親戚幫了我很多忙。為了整理遺物及處理其他事情，我在鳥取待了將近兩星期。

回到東京之後，就不再上大學了。我有好一陣子過得渾渾噩噩，什麼也不想做。後來我到了田野倉熟食店，老闆以便宜七十圓的價格賣了絞肉排給我。我當場懇求老闆讓我在店裡工作，老闆最後答應了。

我沒有提到還給遠房親戚五十萬圓，以及在鳥取大學的校園理哭泣的事情。因為我認為那不是重點。

沒想到自己能敘述得那麼冷靜，這是我第一次說出整個經歷的來龍去脈。雖然督次及詩子也都知道，但我是分成好幾次告訴他們，並非一口氣說完。

為什麼我能對青葉說出這些話？或許因為青葉是鳥取人吧。能夠在東京遇上熟悉鳥取的青葉，讓我感覺心情恢復了平靜。這是我自從來到東京之後，第一次有這樣的感覺，或許因為我知道自己已經舉目無親了。

我和八重樫青葉在高三時同班，所以嚴格說來，我跟她是在高三才認識。不過在那之前，我就已經依稀對她有點印象。

當初對我說「柏木這個姓氏很帥氣」的女同學，其實就是青葉。

她在稱讚了我的姓氏之後，接著又對我說：「**我的名字雖然也是四個音，但寫成漢字卻是三個字，太長了。光是樫這個字，寫起來就要花費不少時間**[18]。」

現在我終於懂了。在改姓八重樫之前，她姓園，只有一個字，難怪她會覺得八重樫寫起來很麻煩。

其實我和青葉並不算特別有交情。我和劍不同，沒辦法和女孩子輕鬆交談，尤其是高中時期的我，比現在還內向。

雖然和青葉同班，但是第一學期幾乎沒說過半句話；直到第二學期九月初的那場文化祭期間，我跟她才有了交集[19]。

在文化祭的眾多活動裡，有一場由學生自由報名參加的樂團表演。我也參加了這個活動，我們的表演模仿的是Evergreen BAMBOOS樂團。

BAMBOOS的主唱里見伸竹是男性，但我們的主唱卻是女孩子。而且樂團名稱說起來相當丟臉。

剛開始的時候，我們取名為「NAGISA」，因為擔任主唱的女孩子叫大田渚；但是渚不希望以她的名字當樂團名稱，而否決了這個提議。接著我們想出來的第二個方案，是「聖星誓」，讀法是「SEISEISEI」。因為吉他手是坂部誓，貝斯手是柏木聖輔，鼓手是門馬航星，三個人的名字各有一個發音為「SEI」（せい）的字，湊在一起就成了「聖星誓」；至於三個字的排列順序，是由團長誓決定的。

我們就讀的高中並沒有輕音樂社，所以樂團表演是由學生自由報名參加。除了這個活動之外，我們自己的班級當然也舉辦了活動。由於我就讀的是普通科，女孩子較多，最後班上的決議是開咖啡廳；也就是適當排列桌椅，招呼客人上門，提供簡單餐點及飲料。

＊注18：「柏木」（かしわぎ）與「八重樫」（やえがし）在日文中都是由四個音組成的姓氏。
＊注19：日本的學校為三學期制，第二學期開始於暑假結束後，約為九月上旬至十二月下旬。

但我為了參加樂團表演的練習，幾乎沒有參與班上的準備工作，而且因為難為情，並沒有將我要參加樂團表演一事告訴班上同學。以結果來看，我就像是毫無理由地拒絕像其他同學一樣排班當服務生，這導致我和同學們之間的關係變得很僵。

但青葉不知從何處得知我要參加樂團表演的消息。

「柏木，你要參加樂團表演，其實可以先跟我們說，這樣我們就不會排你當服務生了。」

她主動對我說道。

「啊，對不起。」

這件事完全是我不對，但青葉卻主動幫我說話。

那天教室已布置成了咖啡廳的模樣，而我獨自躺在教室的陽臺，消磨開場前的空檔時間。青葉竟拿了一杯咖啡廳販賣的可樂給我，她的舉動令我著實嚇了一跳。那時候教室裡用不到的桌椅，全都被搬到陽臺上，所以我是窩在桌子的底下睡覺。

「你在這裡做什麼？」

我的頭頂上突然傳來問話聲。

睜開眼睛一瞧，眼前竟然有個女孩子。一時之間，我不知道那是誰，仔細一看，才知道是青葉。她又向我走近了一步，我感覺快要看到她的裙底風光，趕緊坐了起來。

「怎麼了？」

「什麼怎麼了？我才想問你怎麼了？」

「噢，我在睡覺。」

「我看得出來你在睡覺。」青葉將手上的紙杯遞給我，說道：「這是可樂，給你喝。」

「等等，這不是你們要賣的飲料嗎？」

「我們多買了不少，反正一定會剩下。」

「好吧……呃……謝謝。」

我接下可樂，喝了一口。剛剛在藍天底下睡覺，早已覺得口乾舌燥，這杯可樂簡直美味極了。

「我會去看你表演。」

「不用了啦！」

「為什麼說不用了？」

「也沒有為什麼。」

「觀眾愈多不是愈好嗎？我會把大家都帶去。」

「真的不用那麼多人來。」

「不過咖啡廳的工作也得顧，所以我只找能去的人一起去。」

結果青葉真的來了，而且她身上還穿著咖啡廳的女服務生服裝，圍著圍裙。

她們總共六個女生，在觀眾席上跳著怪模怪樣的舞蹈，嘴裡喊著：「**柏木聖輔！**」

我一面彈著貝斯，不禁笑了出來。**為什麼叫全名**？我在心裡如此吐槽。但其實我有點開心，不，應該說是非常開心，我感受到了女孩子的聲援威力。

但也就只是這樣而已，我們並沒有發展出什麼特別的關係，就只是偶而會聊天、說話而已。但是對於幾乎不和班上女生說話的我來說，已經是一大進步。

畢業後，晢進了鳥取大學的地域學系，渚進了岡山大學的文學系，航星進了近畿大學的工學系，而我則是法政的經營學系。只有晢依然留在鳥取。當我坐在鳥取大學的長椅上哭泣時，或許晢也正在校園裡的某處。

自從高中畢業之後，我就再也沒見過晢、航星和渚了。畢業之後所見到的第一個高中同學，竟然是青葉。這讓我感到有些不可思議，因為我跟她原本很有可能再也不會見面。

沒想到她在偶然間，因為看了電視節目而來到了砂町銀座商店街；偶然間避開了一個伯母的腳踏車；偶然間看到了我，就這麼走到了田野倉熟食店。

一切是如此偶然；但是仔細想想，卻又沒那麼偶然。如果是看了電視節目後，想要來這裡體驗邊走邊吃的感覺，能夠選擇的店其實沒那麼多，在田野倉熟食店前停下腳步，也是很自然的事。察覺店員是高中同學，也稱不上什麼偶然，就算青葉沒有認出我，或許我最後也會認出她。

唯一的幸運，大概是我在那個時候已經從「美麗專科出島」回到了田野倉熟食店。由於那時候瀧子正在招呼客人，所以我迅速結完帳就離開了。否則的話，我通常會和瀧子小聊兩句，如果店裡剛好很閒，瀧子還會泡茶給我喝。

「你在大學沒有玩樂團嗎？」青葉問。

「有，我參加了輕音樂社，組了一個樂團。」

「現在還在玩嗎？」

「已經不玩了，現在的我沒時間做那種事。」

「噢，你應該很難過吧？」

「我很想跟妳說，我已經習慣了，但其實我完全無法習慣。直到現在，我還是感覺這一切都像假的。」我勉強擠出笑容。「一般人哪會在三年之內陸續失去父母？如果是在一場車禍裡同時去世，那還說得過去。短時間之內父母分別去世，實在讓人難以置信。」

「沒有其他能夠投靠的親戚嗎？」

「兩邊的祖父母都已經過世了，平常我們也沒和親戚有所往來。」

「不是有個幫了你很多忙的遠房親戚？」

「雖然是親戚沒錯，但在母親過世之前，我從來沒有見過他。」

我吃下最後一口三明治，啜了一口咖啡。

關於我自己的事情，能說的我都說了。

「那個人……」

我帶著幾分的躊躇，開口問道。

「嗯？」

「那個……讀慶應的……」

「啊，你說高瀨？」

「你們沒在交往了？」

「嗯，沒在交往了。」

「但還是會約出來玩？」

「我們很久沒見了，他突然問我要不要出來吃頓飯。我原本很猶豫，不知道該不該答應，後來我想起了在電視節目上看到的那條商店街。那個地方一個人去逛實在有點沒意思，所以我跟他說，如果要約出來，除非去那條商店街。沒想到後來竟然在那裡遇上了你，想想真是幸運。」

接著青葉跟我聊了一些關於高瀨涼的事。

這時我才知道高瀨涼這個名字的漢字寫法。高瀨涼和父母同住，老家在武藏小山，是一棟透天厝。我本來以為武藏小山在神奈川縣，因為那裡有個地名叫武藏小杉；後來一問詳情，才知道武藏小山在東京的品川區，鄰近目黑區。高瀨涼原本就讀東京都立高中，後來考上慶應大學的經濟學系，現在是三年級。換句話說，他比青葉及我都大一歲。從今年度起，他上課的地點從日吉校區變更至三田校區。

就讀首都大學東京健康福祉學系的青葉，上課地點也從今年度起由南大澤校區變更至荒川校區，而南大澤似乎在八王子那一帶。

就在兩人逐漸熟悉新校區的時候，高瀨涼突然跟青葉聯絡：**「新校區感覺如何？」**後來兩人在LINE上偶而會閒聊，最後終於約出來見面，卻在砂町銀座商店街遇上了我。

「我跟他是在聯誼時認識的。」青葉連這一點也毫不隱瞞。「去年我還在南大澤上課的時候，參加了一場聯誼聚會。但那時我才十八歲，還不到可以喝酒的年紀，所以我沒喝。」

「真的假的？」

「嗯，而且我不喜歡酒的味道。當時是朋友拉我去湊人數，跟我說不喝酒也沒關係。」

「我明白妳的處境。去年我也經常遇上社團學長邀我參加聯誼，那學長還說我只是湊人數，不能跟他們搶女孩子。不過我後來都沒去。」

「你都沒去？」

「嗯，我都說要打工。為了不說謊，我拒絕之後一定會在那個時間安排打工。」

「就算是說謊，有什麼關係？」

青葉笑著說。

「總覺得不太好。」

「我剛剛說那次是朋友拉我去湊人數，但是說實話，我自己也有點想去。慶應大學對我很有吸引力，我當時覺得能多認識一些人並不是壞事。」

慶應的日吉校區在神奈川縣的橫濱市，我本來以為那裡離南大澤很近，但一問之下似乎並非如此。當時他們的聯誼聚會地點，挑選在差不多相當於中間位置的町田，我原本也以為是在神奈川境內，後來才知道是在東京境內。

換句話說，這場聯誼聚會不管男方女方都移動了一段不算短的距離。想必對慶應的學生來說，健康福祉學系的女生很有吸引力吧，男人果然還是抵擋不了護理師的誘惑。就算換成了劍，他大概也會從西船橋迫切地趕往町田。

「我再強調一次，我那時候真的沒喝酒。」

「真了不起。」

「這有什麼了不起？年紀不到二十歲本來就不能喝酒。不過高瀨的反應也跟你一樣，一直跟我說：『妳真了不起。』『這是妳的優點。』我聽了反而覺得渾身不對勁。」

青葉接著敘述他們當場交換了聯絡方式，不久之後，高瀨涼主動跟青葉聯絡，兩人開始交往。

「其實我有點嚇一跳，沒想到聯誼真的能交到男朋友。」

「而且還是人生中的第一次聯誼。」

「雖然我不是為了交男朋友才參加，但或許內心深處也有些急躁吧。總覺得難得來到東京，不交男朋友太可惜了。」

「不，我猜正因為妳不急躁，所以才交到了男朋友。」

「什麼意思？」

「不急躁才可以表現出滿不在乎的態度。男人遇上太過猴急的女孩子，反而會有些退縮。」

「但是仔細想想，那時其實有點猴急。」

「真的嗎？」

「嗯，那時候我們都很在意那次聯誼。前往會場的電車裡，朋友們開口閉口都是慶應。我受到影響，也開始覺得慶應好像很了不起。」

「妳現在也不喝酒？」

「不喝，但已經不像去年那麼排斥了。我打算等到二十歲生日那天，要來喝一點酒。該怎麼說呢？喝酒的人不僅看起來很快樂，而且表情非常自然，一點也不做作。」

「啊，想想確實是這樣。」

「不過喝得爛醉可就傷腦筋了。」

「嗯，妳的生日還沒到？是什麼時候？」

「三月，所以我比同年紀的人早一屆，感覺吃虧了。」

「吃虧了嗎？我覺得是賺到了呢！」

「怎麼說？」

「例如找工作什麼的，妳都可以比別人早一年結束。年紀輕輕就找到工作，不是很棒嗎？」

「你真厲害，我第一次聽到有人這麼說。」

「我也是第一次跟別人這麼說。」

我心裡想要再喝一杯咖啡，但第二杯咖啡就不是套餐價格而是單點了，實在有點捨不得花這個錢。正當我遲疑不決的時候——

「但是到頭來，我們交往不到半年就分手了。」

青葉忽然說道。

「為什麼分手？」我忍不住脫口問道，但我趕緊補了一句：「啊，不想說的話沒關係。」

「該怎麼說呢……感覺就是有點不太對。」

「不太對？」

「嗯，造成我們分手的直接原因，則是博愛座事件。」

「博愛座事件？」

「對啊，電車裡的博愛座。」

「噢。」

「有次我們去約會，坐在電車上，高瀨那個人就算看見博愛座，也會毫無顧忌地坐下去。」

「如果只有博愛座空著，坐了也沒什麼不對吧？」

「不，就算有其他空位，高瀨也會滿不在乎地坐在博愛座上。每次我都覺得這樣不太好，勸他移到其他座位，但是他總是會回答我：『等人變多了再移就好。』這樣的事情發生了好幾次，只是每次我們都是還沒遇上人變多的情況就下車了。唯獨那一次，我們一直坐到車裡變得擁擠，而且我們的前面站著一對看起來像夫婦的男女，年紀大概接近七十歲，但還不到可以稱為老爺爺、老奶奶的程度。」

「叫伯父、伯母也不奇怪的年紀。」

「沒錯，如果我們坐的不是博愛座，到底該不該讓座會讓人很猶豫。但當時我們坐的是博愛座，所以我戳了戳高瀨，想要和他一起讓座。沒想到高瀨竟然坐著不動，還對著那兩人問：『你們想不想坐？』當時我真的嚇了一大跳。」

「是我也會嚇一跳吧。」

「那對伯父和伯母都表示：『不用。』於是高瀨又轉頭對我說：『他們說不要坐。』結果我們就這麼一直坐著，最後還比那對伯父伯母早下車。發生這件事之後，我實在有點生氣，我對高瀨說：『你不該那樣子。』他反而對我說：

『如果他們說要坐，我就會讓給他們坐，但我不喜歡他們那副故意站在我們面前等讓座的態度。』」

「唔……」

我不禁沉吟。

這麼做到底是對還是錯呢？想想好像也沒什麼不對。如果把博愛座的制度當成硬性規定，高瀨的做法當然是錯了；但如果只是當成乘車禮節，就勉強不算有錯。

「高瀨是個腦筋很好的人，雖然他人不壞，而且對我很溫柔，但有時就是會像這樣少根筋。」

少根筋。若要勉強加以形容，就像是不食人間煙火的善良之人，當一個人站在高空上，當然沒辦法看清楚地表上發生的事情。

「因為這件事，你們分手了？」

「嗯，我那時候也有點意氣用事。」

「但他後來又跟妳聯絡？」

「嗯，他先跟我道歉了，說他當時不該那麼做。我聽他這麼說，心裡也覺得自己有點太自以為是了。我只會抱怨他，其實我自己也不是什麼好人。如果我真的是好人，當時就算他不讓座，我也應該要讓座。」

「怎麼可能，如果妳當時那麼做，只會讓場面變尷尬吧！」

「或許吧！總之我也反省了，我覺得自己的心胸太狹窄，就算沒有辦法接受他的做法，也應該要好好跟他溝通才對，所以我現在打算試著跟他重新來過。」

到底誰對誰錯，我也說不上來，因為對別人嚴格是人性的通病。自己做了錯事會想辦法推卸責任，但是當看見別人做了相同的錯事，又會嚴厲指責。例如：把可燃垃圾與不可燃垃圾混在一起，或是在收垃圾的前一晚就把垃圾拿出來丟。

「說到電車……」我換了個話題說道：「我本來以為讀慶應的人約會一定會開車呢，而且還是紅色的跑車之類。」

「你在說什麼時代的事情？」

「大概是我們父母年輕的時代吧！」

「現在或許也有這種人。不過高瀨說他不喜歡車子，還說住在東京二十三區根本不需要買車。」

「如果是住在鳥取，沒車可就不行了。」

「嗯，這讓我感覺果然東京人還是和我們不一樣。像這樣跟同鄉的人說話，我感覺心情輕鬆多了。過去的我並沒有清楚意識到這件事，但是當我在商店街裡看見你的時候，心裡突然好想跟同鄉的人親近，所以我才忍不住聯絡你。是不是給你添麻煩了？」

「一點也不麻煩。」

沒錯，一點也不麻煩。

在東京能夠與同鄉鳥取人親近，確實是件令人開心的事。我也清楚感受到了這一點。

一個人的冬天

從以前到現在，我每年必定會得一次感冒，就算生活上再怎麼小心謹慎也完全沒用。

幼兒時期是否也是這樣，我已經不記得了。但自從上小學之後，每年一定會得一次，而且一定在十二月到二月之間。有時十二月和一月都沒事，到了二月下旬，本來以為今年可以逃過一劫，到了月底還是得了感冒。明明二月只有二十八天，還是說什麼也逃不了。

今年冬天，我又感冒了，而且比往年更早，在十二月就得了。去年冬天，是在二月感冒的，如果不以年度而以年來看，相當於一年得了兩次感冒*20。

*注20：日本的年度是從每年的四月初開始。

打從昨晚起，我就覺得身體不太對勁，喉嚨有點痛，頭也有點痛。睡了一覺起來，喉嚨痛與頭痛都沒有好轉，但也沒有惡化，所以我決定照常上班。

這一天上的是晚班，我站在店門口，販賣各種配菜。

雖然是中午時間，但畢竟是十二月，店門口沒有任何可以遮擋寒風的東西，冷得不得了。即使我已經在白袍上披了自己的羽絨外套，還是抵擋不住刺骨的寒風。而且那不是感冒引起的身體發冷，真的是氣溫太低所造成的冷。驀然間，我感覺一陣天旋地轉，踉踉蹌蹌了兩、三步，好不容易才扶著柱子沒有摔倒。

「聖輔，你還好嗎？」

背後突然響起一美的聲音。

「我還好。」

「看起來實在不像還好的樣子。你的臉好紅，是不是發燒了？」

「唔，應該沒那麼嚴重。」

「這種時候可不能逞強。」

「一定是最近遇上太多事情，過於勞累了。」

詩子聽到我們的對話，走過來說。

「你今天就做到這裡，先回去休息吧。」

督次也走過來說。

「不，我沒事的。」

「這不是你說沒事就沒事。」映樹說道：「如果你得了流行性感冒，可能會害我們全部都被感染。」

「更重要的是不能傳染給客人。」

一美也跟著說。

「啊……呃……」我支支吾吾地說道：「嗯，沒錯，確實不太保險……」

「你看看你，都已經開始恍神了。」

「沒錯。」映樹也跟著說道：「比平常的我還恍神，這樣要怎麼工作？快回去吧。」

「店裡不要緊，你快去看醫生。若捨不得醫藥費，我幫你出也行。」督次催促說道。

「不，那怎麼行。」

「總而言之，你快回去好好休息。」

「好，真是對不起。」

「明天如果還沒好，就不必勉強來上班了。」

「好，真的對大家很抱歉。」

於是我走上二樓，在更衣室兼休息室換回自己的衣服，向大家道了歉之後走出店外。

一旦生病，身體就會變得非常虛弱，身上明明穿了發熱衣、抓毛絨外套及羽絨外套，卻還是覺得冷，連走路也走不穩。一旦發現自己是個病人，就感覺彷彿症狀變得更嚴重了。

這時是下午兩點多，太陽高掛在天上。不過幸好已經撐過了午餐時間，要是十一點半上班，卻在十二點多或一點多離開，一定會給店裡的人添更多麻煩。

如果可以的話，我實在不想去醫院，但如今的情況，已由不得我說不去。倘若我真的得了流行性感冒，至少得休息好幾天比較保險。因此我得先讓醫生瞧一瞧，確認這到底是不是流行性感冒。

平常我從不把健保卡帶在身上，因為怕弄丟，所以我得先回公寓拿健保卡才行。不過醫院下午要到三點才開始看診，我還有充分的時間。

我小心翼翼地踏著每一步，走回我位於「倫特南砂」公寓的套房，不斷告訴自己不能焦急，一定要謹慎慢行。

前方飛來了一隻烏鴉。這裡是大街上，烏鴉像那樣低空飛行的情況並不常見。那隻烏鴉或許是已經相當習慣人類的關係，不斷朝著我飛來，而且維持著與我的視線相同的高度，當來到我的前方數公尺處，又突然振翅揚升。

我聽見了拍擊翅膀的聲音，那聲音大得驚人，雖然平常不太有機會聽見鳥類的振翅聲，但是當與鳥類近距離接觸時，那聲音就會非常明顯。仔細想想，這也是理所當然的事，那隻烏鴉要讓那麼龐大的身體在空中移動，肯定需要使出不小的力氣吧。

我轉頭望向烏鴉飛走的方向，由於現在的體力已不容許我邊走邊轉頭，所以我完全停下了腳步。

那隻烏鴉就停在路燈上，那根路燈從電線桿的上方延伸而出，彷彿正朝著車道低頭鞠躬，因此那隻烏鴉就像是停在低頭鞠躬者的後腦杓上。

那根路燈上經常有鳥類逗留，有時是烏鴉，有時是其他鳥類，以至於下方的車道經常出現一團團白色的鳥糞。我不知道那根路燈與其他路燈到底有何不同，但它一定有其獨特的優點，讓鳥類特別喜歡佇足吧。

我想到這裡，驀然回過神來。這是我現在應該想的事情嗎？

我發現沒有辦法確實控制自己的思緒，或許我真的已經開始恍神了。

我將頭轉回正前方，重新邁開步伐，馬上又在路口停下腳步，等著燈號變成綠燈才橫越馬路，接著走了一會，終於抵達公寓。我的房間在二樓，緩緩走上樓梯，取出鑰匙開門。

終於活著回到家了。我才才剛這麼想，下一秒就發現家裡有人。

那是劍，以及……一個女孩子。我的內心驚訝不已，但或許是因為發燒的關係，並沒有顯露在臉上。

我的房間是木頭地板，並沒有床，平常睡覺是直接將棉被鋪在地上。如今棉被就鋪在地上，而且兩人還躺在那上頭，房間裡相當溫暖，似乎開了暖氣。他們看見我，像裝了彈簧一樣跳了起來。

「怎麼回事？」女孩子問。

「嚇我一跳。」劍說。

嚇一跳的人是我。但或許因為發燒的關係，我發不出半點聲音。

所幸他們兩人都穿著衣服，不，嚴格說來不能算是穿著衣服，因為他們只穿著貼身衣物；劍穿著內褲，女孩子穿著胸罩及內褲。看起來似乎不是剛要辦事，而是已經辦完了。

女孩子抓起毛毯蓋住自己的身體。那是我的毛毯，去年在宜得利買的。

我反手關上了門，但我並沒有朝他們走近，也沒有脫下鞋子，就只是站在狹窄的玄關空間。

「聖輔，你別誤會。」劍說道：「她是我的女朋友。」

「別誤會？你叫他別誤會什麼？」

他的女朋友慍色問道。

「我怕他以為我召妓。」

「什麼？你當我是妓女？」

「我沒這麼說啦！我的意思是妳不是妓女，妳沒聽懂嗎？」

劍和女友解釋完，接著轉頭對我說明。

「這笨丫頭是我的女朋友，她叫成松可乃。成田的成，松屋的松，可能性的可，乃木坂的乃。成松可乃。」

「你竟然說我是笨丫頭。」

成松可乃繼續抱怨道。

「現在可以別跟我吵這個嗎？」

「不行，我不准你這麼說我。」

「好吧。聖輔，她是可乃，她不是笨丫頭。」

「嗯。」

我應了一聲。

「你還記得嗎？我之前跟你提過，我想找一個唱卡拉OK很厲害的女孩子進來樂團當主唱。就是這丫頭，不，就是這個可乃。」

「噢。」我問道：「你們在交往？」

「既然沒有邀她進樂團，我想交往一下應該沒關係吧？」

「你們在說什麼？為什麼我完全不知道這件事？」可乃問。

「我說過了啊！有次我們喝酒的時候，我明明跟妳說過了。」

「我完全不記得，什麼時候？」

「我也不記得是什麼時候了。」

原來是這麼回事……我以昏昏沉沉的腦袋開始思考。大概是因為清澄跟我不贊成讓可乃加入樂團，所以才演變成今天這個局面。什麼樣的局面？說穿了就是把房間借給朋友睡午覺，卻被當成愛情賓館的局面。

「他怎麼回來了？」可乃問劍：「你不是說，他已經答應了嗎？」

「是啊，他答應了。聖輔，你不是說過，我可以借用你的房間。」

「我只是說你可以在這裡睡覺。」

「我是在這裡睡覺沒錯，只是多帶了一個人。」

「你是腦袋有問題嗎？」我還沒開口，可乃已搶著罵道：「這算是什麼理由。」

「我並不是打從一開始就想這麼做。」劍繼續向我解釋。「是真的！我只是睡了幾次之後，忽然覺得多一個人睡覺也沒有什麼差別。」

「差很多，這完全是兩碼子事。」我說。

「我就知道，你果然沒有得到人家的同意。」

可乃跟著抱怨道。

「聖輔，你別生氣。」

「我沒生氣，但我沒辦法接受你做這種事。」

「對不起，我以後不會再犯了。這也是我第一次這麼做。對吧，可乃？」

「明明是第三次。」

「笨蛋，妳就不能順著我的話說嗎？」

「順著你的話說是什麼意思？還有，你為什麼叫我笨蛋？」

「好了，現在別跟我吵這些。」

劍趕緊換了話題。

「對了，聖輔，你今天怎麼這麼早回來？」

「我感冒了，可能有點發燒，老闆叫我回來休息。」

「噢，原來如此。還好你現在才進來，差點就被你捉姦在床。」

可乃拿枕頭砸向劍。那是我的枕頭，同樣是在宜得利買的。

「既然你感冒了，應該沒辦法喝酒吧？」

「當然，光想像我就快吐了。」

「晚上呢？」

「不可能啦！感冒應該沒那麼快好。劍，你今天不用打工？」

「不用，就算是我，也不至於在打工前幹這種事。」

我實在無法理解劍的道德觀。

「要不要現在三人一起喝酒聊聊？為了向你道歉，我可以去便利商店買酒。」

「我沒辦法，你們快走吧！」

「你別再生氣了。」

「我不是生氣，我只是擔心我可能得了流感，怕傳染給你們。」

「啊，原來是這麼回事。」

「我後天要考試，不想因為生病沒辦法期末考，結果被當掉。」可乃說。

「我明天也要考試。」

不愧是劍，明天要考試了，今天還和女孩子在這裡鬼混。

「好吧，那我們回去了。聖輔，你怎麼不進來？這裡是你家，你不必站在那裡。」

「還不能進來！」可乃忽然說道：「你先轉過頭去，等我穿好衣服。」

於是我照著吩咐轉過了頭，大門的門板就在我的眼前。這棟公寓應該有三十年歷史了，門板的顏色是黯淡的米黃色，從前或許是白色也不一定。

大約兩分鐘後……

「OK。」劍喊道。

於是我轉了回來，他們兩人都已穿上了衣服。

「我還想要化妝。」

可乃對劍說道。

「可乃就算不化妝也很美啦！」

「這種時候跟我說這種話，我也不會開心。」

「那我會再找機會跟妳說，今天就先別化妝了。聖輔，好了，進來吧！」

「嗯。」

我走了進去，終於回到家了。包含從前住在鳥取的時期在內，我從來沒有遇過像這樣沒辦法走進家裡的情況，如果可以的話，我希望不要再有第二次。

「想也知道把房間借給劍準沒好事，怪只能怪你自己。」

可乃對我說道。

「喂，妳怎麼說這種話。」

劍在一旁嘀咕著。

「難道你從沒想過劍會幹這種事？」

可乃斷續反問我。

「從沒想過。」

我沒想太多的回應。

「真的嗎？」

「真的。」

我不明白可乃言下之意到底想問什麼，但她的下一句話，讓我恍然大悟。

「你沒有偷拍吧？」

「咦？」

「是不是暗藏了攝影機？」

「怎麼可能。」

「劍搞不好也是共犯。」

「妳這丫頭，妳是當真的嗎？」

「你又叫我丫頭了。」

「我雖然好色，但我既沒有拍A片的勇氣，也沒有那種技術。何況我要是想拍，打從一開始就會直接跟妳說。」

「你以為我會答應讓你拍嗎？笨蛋！」

「總之我不會幹那種事。不過聖輔有可能早已猜到我會帶女孩子進來，事先裝設了攝影機……啊，我是開玩笑的。聖輔，你別當真。」

「我不會當真。」

「好，那我先送可乃去坐公車。」

劍拿出智慧型手機，搜尋了開往龜戶車站方向的公車時刻表。不愧是第三次，該怎麼做一清二楚。他自己搭的是地下鐵東西線，不需要搭公車，卻知道可乃要搭開往龜戶車站方向的公車。

劍將可乃送到公車站牌後，又走了回來。

我剛整理好棉被，正拿著健保卡準備出門。

「咦？聖輔，你要出去？」

「去醫院。」

「噢，原來如此。走路去？」

「嗯。」

「我也要去車站，我們一起走吧！」

「醫院的方向跟車站相反。」

「噢，那就一起走到前面的路口吧。」

於是我們一同下了樓梯，來到公寓外。劍所說的路口非常近，不到一百公尺，我們並肩走在人行道上。

「聽可乃那麼說，我才想到可以那麼做。」劍說。

「怎麼做？」

「偷拍啊！不，應該算是自拍吧！如果有心要做，一點也不困難。」

「那不叫自拍。」

「聖輔如果和我聯手，應該能拍出很棒的東西。」

我目不轉睛地凝視著劍。

「喂，我不是真的要做。我只是說如果想做，那一點也不難。我不會做那種事的，你一定要相信我。唉，不能怪你不相信，畢竟我拿你的房間幹了那種事。」路口已近在眼前，劍說得愈來愈急促。「聖輔，我保證不會再幹那種事，以後我還是可以來你房間睡覺嗎？」

「可以是可以，但我希望你事先告訴我。」

「好，我一定會說。今天是因為可乃在，我沒辦法說。」

「她也是法政的學生？」

「不，她讀的是共立女子大學的國際學系。她有個高中生妹妹，叫沙乃，三點水的沙，沙乃。她妹妹說以後絕對不會和姓佐野的人結婚，因為會變成佐野沙乃[*20]。」

「你見過她妹妹？」

「沒見過，是聽可乃說的，她還讓我看了手機裡的妹妹照片。可乃的妹妹長得好正，比可乃還正。」

「她也很會唱卡拉OK？」

「這我就不清楚了。」

比可乃還正？劍知道自己在說什麼嗎？

我們來到了十字路口。過了馬路之後，劍要往右走，我要往左走。我們一起站著等行人專用號誌變成綠燈。

「樂團還在持續活動？」我問。

「當然。」

「誰彈貝斯？」

「一年級的千五。」

「啊……石井千五？」

「對，我看他在一年級的樂團裡好像不怎麼開心，就把他挖角過來。他彈貝斯的技術比剛入學時好得多，雖然比不上你，但已經比我的吉他厲害了。」

＊注21：「佐野」與「沙乃」的日文發音相同。

輕音樂社團「NOISE」的石井千五，據說他的父親叫「十五」，我本來一直以為那是一句玩笑話，後來才知道是真的。

就在我到大學提出休學申請書的那天，我在校園裡偶然遇上了他。

「柏木學長真的要休學了？」石井問我。

「我剛剛交出了休學申請書，現在已經不是學生了。」我這麼回答他。

由於不知道要跟他聊什麼，我主動找了話題。

「你父親到底叫什麼名字？」

「真的是十五。」他回答。

燈號變成了綠燈，我與劍邁步而行。

「我要往這邊，拜。」

一走到行人穿越道的盡頭，我旋即對劍說道。

「拜。聖輔，今天真的很抱歉。」

劍輕輕舉起右手，轉身離去，他表現得非常灑脫，並沒有為了討好我而陪我一起等穿越左側馬路的紅綠燈。我想這應該算是劍的優點吧。

接著我繼續往前走，到了醫院，等了三十分鐘，接受了醫生的檢查。又等了十五分鐘，檢查結果出爐了。

「你沒有得流感。」醫生說道。

＊＊＊＊＊

我沒有鬧鐘，剛來到東京時，曾經一度考慮過要買一個。

現在只要兩千圓就能買到太陽能鬧鐘，但我連兩千圓都捨不得出，所以每天早上起床都是靠智慧型手機的鬧鐘。只要注意別讓手機沒電，基本上使用手機的鬧鐘完全沒有任何問題。曾經有一次，我因為睡過頭而上課遲到，偏偏那堂課的老師非常重視出席狀況，但那次並不是因為手機的鬧鐘沒有把我叫醒，而是我把鬧鐘按掉之後又睡著了。

映樹跟我一樣，每天早上起床都是仰賴手機的鬧鐘。結果這天早上，他又睡過頭了。但他犯的錯誤並不是按掉鬧鐘又繼續睡，而是另一個更不該犯的錯誤——那就是他忘了在睡前設定鬧鐘。結果他遲到了兩個小時，開店前的準備工作開了天窗。

由於上次公車誤點時，他沒有主動打電話聯絡，督次與詩子都以為這次多半也是相同的情況，所以在剛開始的十五分鐘，他們並沒有打電話給映樹。督次原本要詩子打電話確認，但詩子主張「**他現在應該已經在公車上了**」，所以最後沒有打。直到過了三十分鐘，督次才親自打了電話，據說映樹是在接到這通電話才醒來。

「啊，對不起，我馬上趕過去。」

映樹所住的公寓在一之江町，搭電車及公車到田野倉熟食店只要三十分鐘。他雖然嘴上這麼說，實際趕到的時候，已經是一個半小時之後了。

「睡過頭就算了，這點先不跟你追究，但你醒來之後怎麼還在拖拖拉拉？十分鐘之內就應該要立刻出門，趕到店裡來。」

督次這次真的生氣了。

「我已經盡快出門了。」

「如果你動作快，至少可以比這個時間早到三十分鐘。」

「早上剛起床，身體總是會遲鈍一點。」

「既然睡過頭，就要逼身體趕快動。如果你做不到，就應該早點起床。」

「以後我會這麼做。」

「還有，這種時候別等什麼公車了，不過三站而已，你應該立刻跑過來。」

「公車的班次那麼多，搭公車頂多只會晚兩分鐘而已。」

「就算是兩分鐘，你也應該爭取。」

「話是這麼說沒錯，但遲到一個半小時與遲到一小時二十八分，有什麼差別？」

「這不是遲到的人有資格說的話，想想你給聖輔添了多少麻煩。」

「啊，我沒關係的。」我趕緊說道。

「因為聖輔住得比較近嘛。」映樹說。

「你住得可也沒多遠。」

就在映樹遲到的第三十分鐘，督次打了電話給映樹之後，他料到映樹不會那麼早來，所以立即又打電話給我。

「聖輔，不好意思，你能立刻來店裡幫忙嗎？」

督次在電話裡這麼問我。

我也是接了督次的電話才醒來，但是就像映樹所說的，我住得比較近，三十分鐘之後，我已經到店裡了。雖然我的功夫還只是切切肉、製作各種沙拉的程度，但多一個幫手總是聊勝於無。

然而，我這麼做卻反而讓映樹難堪了，而且我一接到電話後立刻趕到店裡，更讓映樹的遲到行為顯得不可原諒。

「要是這間店是你一個人經營，你想想會有什麼後果。」

督次朝映樹說道。

「光是遲到兩小時，這間店就沒辦法開門做生意了。明明不是公休日，客人特地來買你的東西，卻發現你沒開店，鐵門上也沒張貼告示，這樣的店馬上就會沒有客人上門。」

「但這間店明明不是我一個人經營的，如果是的話，我當然不會遲到。」

「你的意思是說，這不是你的店，所以遲到也沒關係？」

「我不是那個意思。」

「反正是我的店，倒了也沒什麼大不了？」

「老公，你別那麼凶。」

詩子趕緊打起圓場。

「都怪妳太寵他，才會讓他覺得自己的行為沒什麼大不了。」

「因為……」

「因為什麼？」

「沒什麼。」

「妳說說看。」

「畢竟相處這麼久了，他就像我們的孩子一樣。」

「既然當成我們的孩子，更應該對他嚴厲一點。」

督次與詩子沒有孩子，不是不想擁有，而是無法擁有。督次娶詩子的時候，就已經知道詩子無法懷孕了。詩子將這件事告訴了一美，一美又告訴了我。

「映樹。」督次喊道。

「是。」

「你下次再犯這種錯誤，我就必須好好思考如何處理你的問題了。雖然我和民樹是好朋友，但這是兩碼子事。」

「你的意思是說，你要開除我？」

督次沒有回答，但映樹主動說出「**開除**」這個字，似乎讓督次有些震驚。

詩子憂心忡忡地看著兩人。我則憂心忡忡地看著三人，不知如何是好。

時間已過早上十點，這天的第一個客人上門了。

「歡迎光臨。」我喊道。

身體終於知道該做什麼事了。

一天在這樣的氣氛下開始，實在不是一件好事。只要是曾經在店裡上班的人，應該都能明白，開店時如果氣氛很糟，往往會在心中留下芥蒂。

＊＊＊＊＊

數天之後，我的公寓來了意外的訪客。

當時我正在看書，準備廚師資格考試。晚上九點多，對講機忽然響了起來。是誰會在這個時間來找我？雖然我心中有些狐疑，但我還是拿起了話筒，因為有可能是劍。

「聖輔，好久不見，我是船津。」

「咦？」

「鳥取的船津。」
「啊，你好。」
我打開了門，確實是基志表舅，船津基志。他嘴裡說好久不見，但還不到好久不見的程度，距離上次相見，只隔了不到半年。
「有什麼事嗎？」
「我剛好到這附近，來看看你過得好不好。」
「噢，原來是這樣。」
「我能進去嗎？」
「請進。」
我招呼基志表舅入內，將原本已經鋪好的宜得利墊被及蓋被一同對摺，騰出了空間。為了盡禮數，我還端出了茶，其實也不過只是將寶特瓶裝的茶倒進馬克杯裡，以微波爐加熱而已。劍每次來的時候，我們也是這麼做，不過劍的情況是我什麼話也沒說，他就自己這麼做了。

我和基志表舅隔著小矮桌對望。

「八點前我就來過一次，那時候你好像不在。」

「抱歉，那時候我還在工作。」

「你在做什麼工作？」

「商店街裡的熟食店。」

「噢？店名是什麼？」

「田野倉熟食店。」

「嗯，很有熟食店的風格。你在那裡打工？」

「對，將來我想考廚師資格考試。」

「原來如此，拿個證照確實不錯。」基志表舅啜了一口馬克杯裡的茶。「雖然是打工，也算是正當的工作。」

「勉強餬口而已。」

「維持生計不成問題？」

「還過得去。」

「那太好了！聽你這麼說，我就安心了。」

「謝謝表舅的關心。」

「我對東京不太熟，這一帶是好地段？」

「稱不上好地段。」

「房租多少？」

「五萬六千圓。」

「什麼嘛，原來這麼便宜。不過，還是鳥取便宜多了。」

「表舅來東京是辦什麼事？」

我試探性地問道。

「倒也不是有什麼事要辦，只是想在東京找份工作。」

「表舅在鳥取不是有工作嗎？」

我記得他是在生活用品店工作。

「如果在這邊找到好工作，那邊當然就不幹了。就算直接消失，也沒什麼大不了，反正只是打工。」

「這樣不太好吧？」

「不太好？」

「呃……可能不太好。」

「別想得那麼嚴重。反正公司對我們這些打工的職員也不放在眼裡，口頭上說什麼有機會轉正職，其實都是騙人的。在他們的眼裡，我們的條件就跟社會新鮮人差不多。我真是搞不懂，當上正職的到底都是些什麼人？」基志表舅說到這裡，忽然朝房間裡張望了兩眼。「對了……有件事想跟你商量。」

「請說。」

「能不能資助我三十萬？」

「什麼意思？」

「三十萬。你應該有不少錢吧？你不是領到了竹代姊的共濟保險金？」

「嗯，領是領了，只有一百萬。」

「一百萬？很夠了吧？你只要拿出裡頭的三十萬資助我就行了。」

為什麼？我忍不住想要這麼問。他口中所說的「資助」，顯然不是「借」的意思。

基志表舅看出了我心中的困惑。

「辦喪事和整理遺物的時候，我不是幫了你不少忙嗎？不，可以說從頭到尾都是我做的。那個整理遺物的業者，可是看在我的面子上才收那個價錢，如果找其他業者來做，價錢可是貴得多。我向你要一些回禮，沒什麼不對吧？我說三十萬，還算是客氣了，其實我覺得跟你要五十萬也不過分。」

「不，這個……」

基志表舅看出了我心中的困惑，主動開口說道。

「什麼？」

「我恐怕拿不出來。」

「五十萬拿不出來，那就三十萬吧。」

「不，三十萬也……」

「為了辦那場喪事，我可是請了好幾天假，你知道我損失多少收入嗎？幫表姊辦喪事，通常公司是不能請假的，但我還是請了，你曾經想過我的付出嗎？」

「唔……」

「唔什麼？我對你有恩，你不知道嗎？」

對我有恩。好可怕的一句話。**恩情**？這是接受的一方才會說出口的字眼。狹小的套房裡瀰漫著凝重的空氣。當初撞見劍及可乃在房間裡時，氣氛也沒現在這麼凝重，至少那兩人之中，還有劍能讓我感到安心。如今我卻絲毫沒有安心感，明明基志表舅是我的親戚。

「我媽媽真的跟你借了五十萬圓？」

我實在不想把氣氛搞得更僵，卻還是忍不住脫口問道。

「什麼？你懷疑我說謊？」

基志表舅的反應非常快，乍看之下，似乎是突然遭到懷疑而大發雷霆，但也像是突然遭人揭發了罪狀而手足無措。

「我真是沒想到，竟然會被親戚懷疑。我幫你辦了喪事，還幫了你那麼多忙，你竟然認為我在敲竹槓。」

我並不認為他是在敲竹槓，或者應該說，我不認為他打從一開始就抱著這樣的歹念。但我懷疑他從某個時期起，察覺可以從我身上取得金錢。雖然我這麼懷疑，但沒有證據，沒有證據卻懷疑他人，讓我感覺自己的想法相當齷齪。

基志表舅也陷入了沉默，這股沉默壓得我喘不過氣。

「請讓我想一想。」

我強迫自己開口說道。

「有什麼好想的？這種事情，想了就會改變？」

「我也不知道。總之，我需要一些思考的時間。」

基志表舅咂了個嘴。這個咂嘴聲非常刺耳，完全沒有掩飾的意圖，甚至可以說是故意讓我聽見的，我相信世上沒什麼人會對親戚發出這種聲音。

「好吧，那你就想一想吧。」基志表舅露出一副懶得爭辯的表情。「對了，我今天想住在這裡。」

「不，這可能不方便。」

「住個一晚有什麼不方便？」

「我有朋友要來。」

「現在這個時候？」

「對，他打工結束就會過來。」

我臨時編了個謊言。今晚無論如何絕對不能讓基志表舅住下來，否則的話，明天他可能就賴著不走了。我很清楚自己的想法，我不想讓他住在我的房間裡。

我心中想到了劍，從前他經常在打工結束後來找我。為了圓謊，或許我應該主動把劍叫來，只要我開口邀約，他應該會來。

基志表舅似乎也不想繼續待下去了，他喝乾茶，站了起來。

「沒辦法，那我走了，我得趕快找到住宿的地方才行。」

「抱歉。」

「既然要道歉，為什麼不讓我住下來？算了，不跟你爭這個。總之，你快點想清楚吧！我先走了，過幾天再來找你。」

過幾天再來找你。他果然不會這麼輕易就放棄。

「好。」

基志表舅在門口慢條斯理地穿上鞋子，走出了門外。

我關上了門，雖然很想立刻上鎖，但我還是等了十秒。從一清清楚楚地數到十，悄悄轉上門鎖，接著扣上鏈條。

每一次扣上門口的鏈條，我就會想起媽媽。

每一天，我都必須扣上門口的鏈條。

＊　＊　＊　＊　＊

店裡並沒有固定的休息時間，基本上一次一人，大家各自看菜餚調理狀況及客人的多寡，自己找機會休息，但有時督次或詩子會親自做出休息的指示。

「一美、聖輔，你們一起上去休息吧。」

今天督次就對我們做出指示。於是一美跟我上了二樓，走進更衣室兼休息室，各自坐在圓凳上休息。

田野倉熟食店裡沒有人抽菸，所以休息室裡沒有菸灰缸。據說督次從前有抽菸的習慣，但經過詩子長達二十年的說服之後，他戒掉了。

休息時間基本上沒什麼事情可以做，頂多只能滑一滑手機。

「聖輔，你國中時參加什麼社團？」

坐在我的右手邊的一美忽然問道。

「國中嗎？田徑社，不過沒什麼表現。」

「真的嗎？你練的是什麼項目？」

「跨欄賽跑。」

「噢？好厲害。」

「一點也不厲害，只是混混日子而已。因為老師說一定要參加社團，我跑得不快，所以選了跨欄賽跑，我以為可以靠技術克服跑不快的問題。」

「你克服了嗎？」

「完全沒有，跑百米賽跑比我快的人，跑跨欄賽跑也比我快。我太天真了，那個技術沒那麼容易學會。到了國中二年級，我終於掌握了一些技巧。大家都說我跨欄的動作很標準，但也只是動作標準而已，速度一點也不快，所以我幾乎沒參加過什麼比賽。」

「這樣也很好。雖然不快，但是很標準，就像你在這裡的工作表現一樣。啊，不好意思，我說你速度不快，真是太失禮了。」

「沒關係，我的速度豈止不快，簡直慢死了，而且也不標準。」

「沒那回事，你做事很仔細，比我仔細多了。」

「怎麼可能，現在我能贏過一美姊的工作，就只有拿重物而已。」

「怎麼這麼說。」

一美不禁苦笑。

「對了，怎麼突然問我社團的事？」

「噢，還不是因為準彌。他四月就要升上三年級了，卻突然說想搞樂團。」

「他想組樂團？」

「嗯，過去他完全沒參加任何社團活動，最近卻突然說想搞樂團。好像是因為文化祭的時候，可以在音樂室還是視聽室之類的地方舉行演唱會。」

「國中玩樂團沒什麼不好。一美姊反對嗎？」

「畢竟三年級得準備考試。但是另一方面，我也有點想讓他試試看。準彌這孩子，過去從來不曾主動說出他想做什麼。話又說回來，我聽了他的說明之後，總覺得他沒得選。」

「什麼意思？」

「吉他手和主唱都已經被其他孩子佔走了，只剩下鼓手和貝斯手可以選。但另外還有一個孩子似乎對鼓手有興趣，所以準彌幾乎只能選擇最不起眼的貝斯手。即使如此，他本人還是很想嘗試看看。」

「我也是貝斯手。」

「真的嗎？」

「嗯，不過現在沒那個時間，已經不玩了。我從高中就開始彈貝斯，直到大學休學才放棄。」

「對不起，我竟然說貝斯手最不起眼。」

「沒關係，本來就很不起眼。」

「這麼說來，你也玩過樂團？」

「玩過。」

「玩樂團有趣嗎？」

「嗯，很快樂。」

「對人生有幫助？」

「認真玩的話，應該有吧。」

「認真玩的話⋯⋯準彌那孩子不曉得會不會認真玩。」

「交遊會變得廣闊。組樂團最有趣的地方，就是跟交情不好的人也能合作，有時兩人個性上合不來，演奏時卻很有默契。」

「噢？」

「當然演奏跟個性都合得來，才是最佳狀況。」

我對這一點確實感同身受，劍就是最好的例子。不管是演奏還是個性，我跟他似乎都合不來，但我們卻能一起組樂團，如果是樂團以外的其他事情，一定會起爭執吧。

「如果要玩樂器，最好早點開始學。我如果從國中就開始練貝斯，應該能彈得更好吧！早知道就別去跑什麼跨欄賽跑，應該把時間花在練習貝斯上。不過從高中開始學其實也不算晚，如果有才能的話，一下子就會學起來。」

「貝斯很難彈嗎？」

「難不難得看曲子，有些曲子難得要命，有些曲子簡單得要命。就算是再難的曲子，只要依自己喜歡的方式稍加變化，還是能彈得出來。低音聲部詮釋得好，心情也會很舒暢。」

「貝斯一把大概多少錢？」

「貴的非常貴，便宜的大概兩萬圓就有了。」

「兩萬圓……說便宜也沒多便宜。」

「當然也有更便宜的，但我不建議買太便宜的貝斯，可能頸部容易折彎，或是調音容易出現誤差。」

「你的意思是品質太差？」

「該怎麼說呢……樂器這種東西，就算是相同廠牌的相同型號，每一把還是會有微妙差異。愈便宜的樂器，買到不良品的機率就愈高。」

「原來如此……」

「不過，最近兩萬圓左右應該就能買到不錯的貝斯了。抱歉，愈說愈讓妳摸不著頭緒……」

「兩萬……大概要到下個月才能買，不，下下個月吧！畢竟我家是連晚餐的配菜，都是吃店裡剩下的。」

我不知該說什麼，只能應了一聲。我的日子不好過，一美也不好過。

「對不起，聖輔，我不該在你的面前說這種話。你應該比我還困苦吧！啊，說你困苦也很失禮，我再跟你道歉。」

「沒關係，妳說得沒錯，我要維持生計真的不太容易。」我說到這裡，轉念一想，趕緊改口說道：「啊，其實我不該這麼說。我只要養活自己，一美姊還要照顧準彌，生活應該比我辛苦得多。」

「在我看來，你一定比我辛苦。準彌是我努力下去的動力。何況如果真的活不下去，我還可以向父母求助，只是他們也都是靠年金過日子，沒辦法給我太多援助。」

一美竟然願意對年僅二十歲的我說這種話，不矯揉造作，而且不論對男女都能毫無隔閡地隨和相處，我實在應該向她看齊。

「一美姊……」

「什麼事？」

「我想問個可能有點失禮的問題……」我忍不住提出了心中的疑問。「離婚的女性通常靠贍養費就能過日子嗎？」

「不可能、不可能。除非前夫是演藝人員或大公司老闆，否則不可能拿到足夠過日子的贍養費。其實大部分的情況，女人根本拿不到贍養費。」

「真的嗎？」

「是啊！雖然前夫剛開始會付，但是過了一陣子之後，前夫常常會擅自找個理由，認定不用再付了。我的前夫只是給的金額變少而已，據說有些前夫是連一毛錢也不付了。」

「這是合理的嗎？」

「當然不合理，但是現實中就是會發生這種事。接下來，當然就是前妻向前夫要錢，前夫不給，前妻找律師商量……鬧了一陣子之後，前妻也累了，可能就會產生放棄的念頭，不想再和前夫扯上關係。畢竟光是找律師商量，就得先付出一筆錢。」

「原來如此……」

「最麻煩的一種前夫，是明明不付錢，卻又要求見孩子。」

「一美姊的前夫會這樣嗎？」

「我的前夫還好。不過他給我的錢也縮水了，其實我可以拒絕讓他見孩子的。」

「妳還是讓他們見面嗎？」

「嗯，畢竟這也是準彌的權利。不過我不會讓他們每個月都見面，現在是每半年一次。下次見面的時候，我打算讓準彌央求他爸爸買貝斯給他……當然這是開玩笑的。聖輔，我勸你以後盡量別離婚，真的太累了。不過就算我先提醒了你，會離婚的人還是會離婚，畢竟這就是人性。」

「我能問個問題，當作未來的參考嗎？」

「你問吧！」

「妳後不後悔離婚？」

「不後悔。雖然不離婚是最好，但遇上該離婚的情況還是得離婚。從濱名變成芦澤，感覺心情舒暢多了。」

「濱名？」

「我離婚前的姓氏，濱名湖的濱名。雖然換姓氏應該給準彌造成了困擾，但他使用芦澤這個姓氏的日子已經比濱名長，應該也很習慣了。剛上小學的時候，他就換了姓氏。」

從濱名改姓芦澤的準彌，就和我父親一樣，我父親也是從駿河改姓柏木。

我雖然父母雙亡，但我的姓氏從來沒變過。這或許也算是一種幸福，畢竟世上也是有人像青葉那樣，換了兩次姓氏。

「聖輔，我剛剛說的那些話，你不必當作參考。」

「咦？」

「我的意思是你應該以不離婚為目標。」

「啊，好。」

「嗯，我想聖輔一定做得到的。」

「這我也不敢保證。」

「你就算離婚，應該還是會乖乖付贍養費。」

「那真是太好了。」

「我們在說什麼啊。」

一美哈哈大笑。這種場合該不該跟著笑，我也不知道，但是我笑了。

「一美，抱歉，能來幫個忙嗎？」

樓下傳來詩子的呼喊聲。

「來了。」

一美從圓凳上站了起來，我也跟著起身。

「聖輔，你再休息一下吧！」

「不，我已經休息夠了。」

我們兩人一同走下狹窄的樓梯。

我有點喜歡從休息室走回店內的感覺。當初在咖啡廳工作的時候，我從來不曾有過這樣的感覺，那時候每次休息結束，我滿腦子只會想著「休息結束了」或是「希望客人別太多」。現在卻希望客人愈多愈好，千萬不能讓田野倉熟食店倒了。

星期一，今天難得映樹休假。平常都是我休星期一，但這星期映樹說我偶而也該放個連假，所以將星期二讓給我了。

商店街裡大多數的店家都是以星期三為公休日，例如：「美麗專科出島」就是星期三公休。但也有些店家完全不公休，據說「LIQUOR SHOP小堀」只有過年期間才關店，進作、裕作父子同心協力，讓店面維持著每天都開店的狀態。

星期一的下午三點多。商店街在這個時段的人潮較為稀疏，我正站在店門口，忽然看見一個女孩子走了過來。她停下腳步，看了一眼檯上的各種油炸物，接著視線朝我射來。

「歡迎光臨。」

我見她的視線精準地落在我身上，趕緊說道。

女孩子的年齡不超過二十五歲，大概只比我大一點，這種年齡的女孩子一個人走在商店街上，實在有些稀奇。

「……你就是那個手下？」

經過短暫的沉默之後，女孩子問道。

「咦？」

「映樹說他有一個手下。」

「手下……是指我嗎？」

「對，他的第一個職場晚輩。叫手下實在是有點太過分了，但是他在這麼說的時候，表情有些開心。平常他很少說店裡的事，所以我相當驚訝。」

「妳是映樹哥的朋友？」

「嗯，算是朋友的一種吧。我是她的女朋友。」

「咦？」

「所以我對他非常瞭解，我知道他每天都是從一之江町的公寓到這裡上班，也知道他經常遲到。關於你的事，我也聽說了不少。例如：你經歷過一些不幸的遭遇什麼的。還有，你從不遲到，和映樹完全不同。不過這些是我自己問出來的，畢竟他把你當成手下，我有點好奇。」

「呃……可是今天映樹哥休假。」

「我知道，所以我才來了。店長在嗎？」

「在，要我去叫他嗎？」

「麻煩你了。」

我轉頭正要朝二樓大喊，剛好看見督次走下樓梯。

「督次哥，有人找你。」
「來了。」
督次走了過來，站在我身邊。
「呃……請問妳是哪位？」
「您好，我叫野村杏奈。」
「她是映樹哥的……」
我說到一半，她自己接口說：「女朋友。」
「噢，原來如此。」
「映樹平日蒙受您很多照顧。」
「別這麼說，我們是互相幫忙。今天有什麼事嗎？映樹不在呢！」
督次說了跟我一樣的話。
「我知道，所以我才來了。」杏奈也給了相同的回答，接著她迅速低頭鞠躬。「上個月真的很對不起。」

「咦？妳指的是什麼事？」

「映樹有一次遲到非常久。」

杏奈抬起頭來說完，再度鞠躬道歉。

「啊……那已經是上個月的事了？」

這次杏奈等了大約五秒，才終於抬起頭來。

「映樹說他遲到了兩小時，我也嚇了一跳。我將他狠狠罵了一頓，我說你是白癡嗎？要是在我的店裡，你已經被開除了。」

「請問我的店是指……」督次問。

「啊，我指的是我打工的店，月島的一家漢堡店。」

月島。那不是文字燒很有名的地方嗎？我記得是在中央區。

「映樹會遲到，其實是我的錯，前一天晚上是我的生日，我們喝太多酒了。不過這當然不能當作藉口，真的對您們非常抱歉。如果不嫌棄的話，請笑納。」

杏奈將手上的紙袋交給督次。

「這是？」

「是糕餅，西式的糕餅。」

「這怎麼好意思？」

「沒關係，請各位享用，不必分給映樹。」

「那我就不客氣了。」督次接著問道：「妳上個月生日？幾歲的生日？啊，問女孩子年紀，是不是太失禮了？」

「沒關係，我二十三歲。」

「這麼說來，妳比映樹小一歲。」

「是的。」

「但妳比映樹穩重成熟多了。」

「不，沒那回事。嗯，不過映樹不夠穩重成熟是事實。我生日的時候，他玩得太瘋，喝了太多酒，所以好像忘記設定手機的鬧鐘。」

「如果是這種情況，當然還是他的錯。」

督次忍俊不禁說道。

「真的、真的非常抱歉，以後我絕對不會再讓他遲到了。請您原諒他這一次，不要開除他。」

「映樹跟妳說，我會開除他？」

「嗯，他說如果再犯一次，就會被開除。」

「那是他自己說的，我只說如果再犯一次，就要好好思考如何處理他的問題。當然我也知道如果我這麼說，映樹會以為我要開除他。」督次說到這裡，忽然轉頭問我：「聖輔是不是也這麼以為？」

「呃……我也記不清楚了。好像是，又好像不是。」

「別擔心，我不會開除他。但如果我這家店倒了，那我也沒辦法，所以我也會盡力，讓這家店撐下去。」

「映樹那邊，我也會要他加油的。對了，我今天來道歉的事，能不能別告訴映樹？如果可以的話，這糕餅也別說是我給的，映樹不喜歡我做這種事。」

「我知道了，我不會說的。這些糕餅，我也會說是商店街裡的朋友給的。」

「謝謝。」杏奈接著轉頭對我說：「手下，也麻煩你幫這個忙。」

「好，我也不會說的。」

身為手下的我也允諾。

「那我先告辭了。非常抱歉，打擾你們工作了。」

「別這麼說，這個時間一點也不忙。」督次說道：「對了，妳在減肥嗎？」

「沒有，雖然很想減肥，但還沒開始執行。」

「好，喜歡油炸食物嗎？」

「喜歡。」

「太好了，吃一些可樂餅吧！聖輔，包三、四個給她。」

「好。」

我應了一聲，立刻拿起夾子。

「啊，那可不行，我付錢買吧！」

「別客氣、別客氣，謝謝妳今天的來訪。」

「有什麼喜歡吃的嗎？」我問。

「全部都喜歡。」杏奈回答。

「好，那就給她原味可樂餅、螃蟹奶油可樂餅、炸火腿排、炸雞排……啊，絞肉排也給她一塊。」

我照著督次的吩咐，將這五樣東西放進塑膠盒裡。炸雞排與絞肉排都很大，得分裝成兩盒，我以橡皮筋將盒子束住，放入白色塑膠袋內，遞給杏奈。

「真是不好意思，我應該花錢買才對。」

「別客氣。晚上要吃的時候，只要加熱一下，滋味應該不會太差。」

「映樹也說，你們店裡的炸物，就算重新加熱也很好吃。」

「唔，但就算沒在減肥，女孩子晚上吃油炸食物是不是不太好？」

「我不會在意這種事，否則的話，生日那天晚上，我就不會和映樹喝到那麼晚了。謝謝你們的招待，我告辭了。」

杏奈最後再一次低頭鞠躬，才轉身離去。

「真是個可愛的女孩子。」

直到杏奈的身影完全看不見了，督次才開口說道。

「是啊。」

「配映樹太可惜了。」

「……會嗎？」

我愣了一下說道。心想，總不能說：是。

「為了慶祝別人的生日而玩瘋，是件好事。」

「咦？」

「明明不是自己的生日，卻能那麼開心，是件好事。」

「啊，嗯。」

「原來映樹有個那麼棒的女朋友。」

「是啊，真令人羨慕。」

「聖輔，你沒有女朋友？」
「沒有，我現在根本沒辦法交女朋友。」
「別這麼想。就算沒錢，也是能交女朋友。」
「啊，嗯。」
「真是不可思議，男的明明條件那麼差，卻能交到那麼好的女朋友。偶而就是會發生這種事，我也是這樣。」
「督次哥從前也遇上過這樣的狀況？」
「是啊，我那個女朋友就是詩子。好了，等一美休息結束後，就換你休息吧！」
「是。」
「樓上有酒販店的進作送的罐裝咖啡，你可以拿去喝。」
「謝謝，那我就不客氣了。」
督次說完便走回廚房，等等一定會有很多人來買晚餐的配菜，他得進去多炸一點可樂餅。

「對了。」廚房裡傳來督次的聲音，說道：「聖輔，你從下星期開始，可以試著炸可樂餅了。」

「真的可以嗎？」

「當然，你若能學會，我也會輕鬆許多。」

一周後，基志表舅來到了店裡，而那天剛好是我第一次炸可樂餅的日子。

自從上次來到公寓找我之後，他就再也沒有和我聯絡，我本來以為他已經放棄跟我要錢，回去鳥取了。看我上次的態度，他應該也知道我不打算給錢才對。

這天，我一如往常站在店門口。一看見基志表舅走過來，我的表情一定是先顯露出驚訝，接著驚訝又轉變為失望吧。

「噢，你真的在工作。」他說。

「我當然在工作。」我回答。

我本來想說得輕鬆一點，但口氣還是不禁變得強硬。

「如何？你想過了嗎？」

「你一直在東京？」

我沒有回答他的問題，反過來問道。

「是啊，我在東京也有幾個朋友。」

「鳥取那邊的工作呢？」

「應該算是不幹了吧！反正東京也有類似的店，再去應徵就好了。」

「嗯。」

「可樂餅一個五十圓……給我來一個吧！」

「好。」

「能不能別跟我收錢？」

「那可不行，我不能擅自作這種決定。」

「我開玩笑的，五十圓我還付得出來。」

我接過五十圓硬幣，將可樂餅放在防油紙袋裡遞給他。

第一個吃到我炸的可樂餅的人，竟然是基志表舅。這世上的緣分真是奇妙，雖然只是一個沒有什麼太大意義的緣分，卻讓我的決心有些受到動搖了。

「我能在這裡吃嗎？」

「可以，如果你願意在這裡吃，那是最好不過了。邊走邊吃不僅會妨礙路人，而且可能會弄髒路面。」

「沒有人邊走邊吃？」

「有是有，但我們盡量不希望客人這麼做。」

「噢。」基志表舅吃了一口可樂餅。「嗯，挺好吃的，不過要找到難吃的可樂餅也不容易。」

沒想到竟然被稱讚了，但我實在開心不起來。被稱讚不是因為我炸的可樂餅好吃，而是因為可樂餅本來就是一種好吃的東西。當然不管理由是什麼，自己炸的可樂餅被人稱讚，應該都會開心才對，但我就是開心不起來。

「好了，我們說正題吧！三十萬，一百萬裡頭的三十萬，應該不算什麼吧？老實說，上次的五十萬，我還沒有算利息，借了五十萬，只是拿回五十萬而已。如果要算利息的話，可是不少錢，已經過了一年半，利息至少就有十萬以上，要是遇上高利貸，更是不止這個錢。」

不管你要說什麼，總之別在這裡說。我很想這麼告訴他，但我說不出口，尤其是在他掏錢買了可樂餅之後。我不禁有點後悔，剛剛那五十圓應該由我自己出才對。

就在這時，映樹拿了一盤炸里脊豬排走過來，放在商品陳列檯的角落。通常他會喊我一聲，直接將托盤交到我手上；這時他沒有出聲，大概是誤以為我正在招呼客人。但接著他看見客人當著我的面，吃著可樂餅，這個舉動似乎讓他認為這個客人是我認識的人。

「哪位？」映樹問我。

「呃……我親戚。」我回答。

「鳥取的親戚？」
「對。」
「你好。」
映樹轉頭向基志表舅打了聲招呼。
「你好。」
基志表舅也回應了一聲。兩人接著都不再說話。
我本來以為基志表舅會說些什麼，但他什麼話也沒說，只是默不作聲。這樣的態度當然有些古怪，如果是我的親戚，照理好歹會說一句：**聖輔承蒙你們照顧了**。
「你不希望我來店裡打擾你吧？我自己也不想這麼做。所以你別再拖拖拉拉了，快把錢拿出來吧！」
直到映樹走回廚房，基志表舅才開口說。
「欸，我給你十萬，請你別再來了。」

我輕嘆一口氣，說道。

「什麼？三十萬為什麼變十萬？」

「我不會再給你更多。」

三十萬是你自己擅自決定的數字。我不打算跟他這麼爭辯。

基志表舅目不轉睛地看著我，吃下最後一口可樂餅，接著他將空的防油紙袋揉成一團，遞到我的面前。我接了過來，扔進腳邊的小垃圾桶。

「好吧，算了。拿來吧！」

「現在嗎？」

「現在。」

我本來想拒絕，但旋即改變了想法。最好是現在給他，為這件事劃下句點，因為我不希望他再出現在店裡或公寓房間。

「你等我一下。」我說完這句話，轉頭朝廚房裡的映樹問道：「對不起，我能先休息一下嗎？」

「沒問題。」他接著還補了一句：「慢慢來，不用急，督次哥那邊我會替你掩飾。」

映樹或許以為我要招呼親戚，答應得非常爽快。

「別擔心，不會花太久的時間。」

我也不想花太久的時間，十分鐘之內就要解決這件事。

「那我先出去一下，不好意思。」

接著我走出了店外，身上還穿著白色廚師袍。錢包就在我的褲子口袋裡，提款卡也在那裡頭。

「我們走吧。」

我對基志表舅說道。

「去哪裡？」

「郵局。」

我轉頭就走，沒有等他回話。

離開了商店街，穿越丸八通，那裡就有一間郵局。一路上我一句話也沒說，甚至對他連瞧也沒瞧一眼，只是快步前進，一次也沒有回頭，所幸燈號剛好變成綠燈，沿途幾乎沒有停步。

我要基志表舅在郵局外頭等著。我操縱著ATM領出了錢，十萬圓，令人感到諷刺的是，那剛好是十張乾淨漂亮的新鈔。接著我走了出來，並沒有費心找來紙張將鈔票包住，而是直接將鈔票遞了給他。

「這筆錢就當作是你幫了我那些忙的謝禮。但是我要問你，我媽媽真的跟你借了五十萬？」

「你怎麼還在問這個？我真的借了她五十萬。」

「真的嗎？」

「真的啦。」

這世上有些人就算撒了謊，也能毫不在意地說出「**真的啦**」這種話。對他們來說，撒謊不是什麼大不了的事情，就算謊言早已遭對方識破，他們也能保持一臉泰然自若的表情。

沒錯，我認為基志表舅撒了謊，我確信沒有誤會他。我的母親不可能跟他借錢，或者應該說，只要存款裡還有一點錢，我的母親就不可能向任何人借錢。

雖然我沒有證據，但我已經不需要證據了，這是我有生以來第一次認定他人說謊。但我心裡幾乎沒有罪惡感，這點讓我感到有些意外，也有些遺憾。

剛剛我們走過來的行人穿越道，燈號剛好變成了綠燈。

「就這樣吧！」

我對基志表舅一眼也不瞧，僅扔下這句話，拔腿就跑。

我忍受著滿腹的酸楚，回到了商店街。當我從寫著「砂町銀座」的拱門底下穿過時，心裡喊著：**我回來了**。

回到哪裡？回到棲身之地、回到我的家。

這天工作結束之後，我回到公寓房間，彈起了許久沒碰的貝斯。

用了將近五年，最後沒有在樂器行裡賣掉的Ibanez牌黑色貝斯，由於太久沒彈，弦已經生鏽了，摸起來有粗糙感。任何道具都不例外，只要不用就會劣化。

損失十萬圓讓我的心好痛，真的好痛。我開始認真考慮是不是該賣掉這把貝斯？雖然只有三千圓，還是不無小補，那可是六天的伙食費。但是到頭來，我還是猶豫了，或者應該說，那也不過是六天的伙食費。

我彈起了當初為了自己作曲而編寫的一些短樂句，我永遠忘不了這些旋律，或者應該說就算忘了，只要一彈貝斯，馬上就會想起來。

但是我感覺到手指不像以前那麼靈活了，畢竟已經五個月沒彈了，這也是理所當然的事。左手的食指、中指、無名指及小指，右手的食指及中指，這些手指上的硬皮也變軟了。未來我整個手掌都會長出硬皮，而不再只是指尖而已，我必須提升手指的耐熱能力，就像督次的手指那樣。

從貝斯手的手指，變成廚師的手指。

我彈奏著沒有接上擴音音箱的貝斯，如果全力彈奏，就算沒有擴音音箱，也能彈出不小的聲音。我從弦線最粗、音域最低的四弦迅速彈向弦線最細、音域最高的一弦，接著又快速回彈，最後彈出四弦的E音。

「就這樣吧。」我說道。

鼕……在彈出那個聲音的同時，我也吁了一口長長的氣。

這是我最後一次彈貝斯了。

＊＊＊＊＊

隔天，我在店裡一看見一美。

「一美姊，請問妳買貝斯了嗎？」我劈頭問道。

「咦？」

「準彌的貝斯。」

「噢，還沒買，大概下個月才能買。」

「太好了，那我的給他吧！」

「咦？」

「如果不嫌棄的話，請讓他用我的舊貝斯。」

「但是……你不是也會用到嗎？」

「用不到了！我不玩樂團，也不彈貝斯了，所以我想把貝斯給準彌。雖然用了好幾年，但彈起來完全沒有問題。當初花大概五萬買的，品質還不錯。」

「這我可不能收。」

「請妳務必收下。雖然買的時候是五萬圓，但那已經是五年前的事了。去年我拿到樂器行想賣掉，但對方只願意出很低的價錢，所以我才沒賣。最近我已經完全沒在彈了，所以請不必放在心上。樂器還是應該要讓給想彈的人。」

「就算是這樣，我也不能讓你免費送我這麼昂貴的東西。」

「請別在意這個，妳如果願意收下，我也落得心情輕鬆。畢竟我住的是套房，這東西放在房間裡實在很佔空間。」

「不然我付一萬好了，這已經算是幫了我大忙了。」

「不用，真的不用。」

「不然五千。」

「五千也不用，那好像變成我想賺妳的錢，但我沒那個意思。所以請妳直接收下吧！」

「真的可以嗎？」

「當然，不過……該怎麼拿給妳才好呢？雖然有盒子裝，但是重量不輕，一美姊要帶回去恐怕不容易。不然這樣好了，我送到妳家去吧！」

「那怎麼行，我叫準彌來拿就好了。」

「不用了啦！那太麻煩他了。」

「不行、不行，得讓準彌向你道謝才行。」

「真的不用道謝，又不是什麼天大的恩惠。」

「真的就是天大的恩惠，你不用跟我客氣。」

於是我們約好，讓準彌到田野倉熟食店來跟我拿貝斯。

生鏽的弦總是不好看，所以我特地到車站對面的購物中心「SUNAMO」裡的樂器行，買了新弦換上。幸好我這天是早班，如果是晚班的話，下班時樂器行已經打烊了。

隔天下午，準彌在放學之後來到了田野倉熟食店。

這是我與芦澤準彌的第一次見面，過去我只聽過他的名字而已。他身上穿著一件黑色羽絨外套，看起來跟我的一模一樣，應該也是UNIQLO的吧。他長得和一美有點像，是個小帥哥，如果擔任主唱或吉他手，應該會大受歡迎才對。但他卻願意擔任貝斯手，這一點讓我有些開心，就算是有些心不甘情不願，我還是挺開心的，但願他能練就一身貝斯技巧。

「哎呀，一陣子不見，竟然變得這麼帥。」詩子說。

「人家都說男孩子會像母親。」督次說。

「原來吃我們的可樂餅長大，就會變得這麼帥。」映樹也跟著說。

「準彌，快向聖輔哥哥道謝。」一美催促說。

「謝謝……你……」準彌靦腆地說。

「不客氣。」我回應道：「最近好久沒有接上擴音音箱了，但聲音應該沒問題，請拿去彈吧！」

「如果有不懂的……可以問你嗎？」

「嗯，雖然我不見得回答得出來，但盡管問別客氣。」

「請教貝斯怎麼彈之前，應該先請教功課吧？」一美說。

「真囉嗦。」準彌說。

準彌這麼說並不是因為不耐煩，而是為了掩飾自己的難為情。

國中生與母親，我非常能夠理解他們的關係。對國中男生而言，母親都是囉嗦的。

而且國中男生絕對不會擔心母親會不會還沒變老就過世。他們沒有必要擔這種心，因為這不是一般會發生的情況。

＊＊＊＊＊

我有時會跟井崎青葉在LINE上閒聊。

『柏木，要不要一起去荒川遊樂園？』

今天她傳了這麼一句話給我。

『是妳上次提到在妳公寓附近的那個荒川遊樂園？』

『對！雖然很近，但還沒有去過，一個人去遊樂園實在很尷尬。』

『遊樂園的確不太好意思一個人去。』

『所以你能不能陪我去？挑一天你不必打工的日子。』

『那大概又會是星期三或星期一了。』

『今年的春分之日剛好星期三，簡直是奇蹟。你們的店遇上國定假日在星期三也要營業嗎？』

『那天放假。』

『那就那天去如何？』
『只要妳願意的話，我沒問題。』
『當然願意，願意得不得了。』
『那我們就去吧！』
『會不會有點不想去？』
『不會。』
我不會不想去，我只掛心一件事——那就是要花多少錢？但這種話總不能對女孩子說。
『別擔心錢的問題，荒川遊樂園的入園門票只要兩百圓。』
沒想到她似乎看穿了我的心思。
『真的嗎？』
『真的，因為是給幼童玩的遊樂場。』
『謝謝妳的珍貴資訊。』

『不過你可別太期待，搞不好兩小時就沒東西玩了。』
『兩百圓能玩兩小時，真划算！』
『搞不好一小時就沒東西玩了。』
『還是很划算。』

到了三月二十一日，春分之日。我跟青葉約了下午兩點，在都營電車荒川線的「荒川遊樂園前」站牌處碰面。

都營電車荒川線，是行駛在專用軌道上的路面電車。雖然我早就聽說過，但這還是我第一次搭乘。明明是電車，搭乘方式卻像公車。每次電車要前進時，都會發出「叮叮」的鐘聲；我不禁暗自感動，原來這就是傳說中的「叮叮電車」。

青葉似乎是徒步前來。

「因為這個地方離我住的公寓不到一公里。」她這麼對我說：「對不起，柏木，讓你大老遠跑來。」

「也沒多遠，到町屋站只花了三十分鐘，比想像中要近得多。」

其實也可以經由三之輪站，但由於地下鐵的票價相同，我選擇了町屋站。從站牌到荒川遊樂園只有一條路，走過去不用花五分鐘的時間。附近有一家漢堡店，正與野村杏奈打工的漢堡店是相同品牌，再往前一點還有一家零食店。這些店開在通往孩童遊樂場的路旁，實在是相當好的營業地點。

荒川遊樂園竟然就座落在住宅區裡，外觀給人的印象有如一所學校，而園區的另一頭就是隅田川。

踏進園內的第一個感覺，是「狹窄」。由於今天是國定假日，園內的遊客數量並不算少，但也稱不上擁擠的程度。

園區內分成了幼童廣場、釣魚廣場、動物廣場、交流廣場等等。動物廣場上，孩童們還能騎乘迷你馬。至於交流廣場，我原本以為那指的是讓孩童與孩童交流，後來才知道是讓孩童與山羊、綿羊、兔子或天竺鼠交流。

能夠乘坐的設施只有六種，數量並不多。其中我們決定乘坐的是家庭版雲霄飛車及摩天輪。青葉本來還想坐咖啡杯的，但我坐那種東西會頭暈，所以拒絕了。家庭版雲霄飛車及摩天輪，兩邊排隊的時間都不到十分鐘。

那雲霄飛車不愧是號稱日本最慢的雲霄飛車，真的是又慢又穩，而且那高度就算掉下來也死不了。**真是溫馨和平**。這是青葉的感想；**這種遊樂設施應該沒人不敢坐吧**。這是我的感想。

摩天輪還算頗具規模，據說圓環直徑約二十六公尺，高約三十二公尺。旋轉時會發出吱嘎聲響，帶給人一種忐忑不安的危機感。**像這樣鳥瞰街景也挺有氣氛的**。這是青葉的感想；**這種遊樂設施恐怕就有人不敢坐了**。這是我的感想。

我與青葉在狹窄的摩天輪座艙裡獨處，但我心裡並沒有莫名的緊張感，或許是因為前後的座艙都很近，而且兩邊都坐著孩童的關係。其中一個年約四、五歲的小男孩，不斷朝我們揮手，青葉也朝他揮手，我看見了，也轉頭望向小男孩，同樣揮起手。

後來我們買了寶特瓶的茶，坐在草坪廣場旁的長椅上休息。

「今天玩得真是省錢。」青葉說。

「嗯。」

「不過，像這樣的約會其實也不錯。」

「這是約會嗎？」

「當然是約會啊！男女兩人單獨出遊，就算只是普通朋友，也算是約會了。」

「原來如此。」

「第一次在八重洲地下街，第二次在荒川遊樂園……或許有些女孩子不喜歡這樣的約會吧！」

「不是有些，是幾乎全部吧！」

「那也不見得吧？是這樣嗎？其實我比較喜歡這裡。在一般的遊樂園可能要排隊等上兩小時，光想就覺得累。」

「嗯，這麼說也沒錯。」

「如今來到東京才感到有點後悔，當初應該多去幾次砂丘的。」
「那種什麼都沒有的空間，反而異常珍貴。」
「沒錯。但是心中抱持過度期待的人，看了總是會說……就這樣？」
「大概是因為沒有想像中那麼大吧，畢竟還不到看得見地平線的程度。」
「那只是砂丘，又不是砂漠。」
「嗯，不過那反而給人一種不愧是日本的感覺。只要一張照片就可以拍下所有的風景。」
「日本的山跟河不也是這樣嗎？不太大，不太寬……」
「連東京也不例外。感覺起來是個大都市，其實相當狹小。」
「如果以鳥取人的距離感來想，你住的南砂町跟這裡其實很近呢。」
「奇妙的是一到東京，就不覺得近了。中間塞了人和建築物，好像連距離感也會喪失。」
「不僅會喪失，而且還會漸漸習慣。明明來這裡才兩年而已，現在就算有人跟我走得很近，我也不會感覺有什麼不對。」

「沒錯，我也習慣早上東西線電車的擁擠了。雖然還是會覺得很不舒服，但連不舒服感也漸漸習慣了。」

「習慣不舒服，實在不是一件好事。」

「沒錯，真的不是一件好事。」

「糟了、糟了，我們簡直像是中年大叔和大嬸。這像是二十歲年輕人之間的對話嗎？」

「光是像這樣悠閒地坐在這裡，就已經是大叔及大嬸才會幹的事了。」

「是啊，又不是生了小孩的年輕夫妻，卻悠悠哉哉地坐在這種地方。」

我說到這裡，忽然想起一件事。

「妳剛剛說二十歲年輕人？」我問。

「嗯。」

「妳二十歲了？」

「是啊，就在一星期前。我的生日是三月十四日，剛好是白色情人節，所以那天高瀨請我喝酒，當作生日禮物及白色情人節的回禮。其實我在情人節也只送給他一個不太貴的巧克力。」

「巧克力……我大概已經一年沒吃過了吧！」

「真的假的？」

「嗯，幾乎沒什麼機會吃。畢竟巧克力這種東西，自己不可能買來吃。尤其以我現在的生活來說，巧克力的重要性非常低。如果有錢買巧克力，我會寧願買洋芋片。不過就連洋芋片，我現在也幾乎沒有機會買。」

時間就在這些閒聊中流逝，轉眼之間，已經下午四點半了。

「我們太厲害了，本來以為待不了兩小時，沒想到我們待了兩個半小時。呃……這樣一小時花多少？兩百除以二．五？」

青葉拿起手機看了一眼，說道。

「除了入園的門票之外，雲霄飛車跟摩天輪都是另外付錢。」

「啊，還買了這個茶。」

「茶的錢應該不用算吧！就算沒來遊樂園，還是會喝茶。」

「噢，這麼說也對。」

「六百除以二・五是兩百四十圓，那還是很省，太省了。」

「柏木，幸好你願意陪我來。要我一個人在這裡待兩個半小時，我肯定做不到。」

荒川遊樂園的營業時間只到下午五點。園區裡的打烊氣氛愈來愈濃厚，所以我們不再久坐，提早離開了園區。

離去時工作人員向我們說了一聲：「謝謝光臨。」

我也回了一句：「謝謝。」

青葉則回了一句：「只花六百圓卻待了兩個半小時，真是不好意思。」

我們並肩走向都營電車荒川線的站牌。

「像這樣在一個星期中間的假日也挺不錯的。國定假日常常會故意和星期

六、日連在一起，對吧？雖然我能理解大家想要放連假的心情，但我其實比較喜歡現在這樣。」

「而且日期每年都不一樣，也感覺少了國定假日的氣氛。*22」

「沒錯，像『海之日』這種名稱的國定假日也就罷了，但是像『敬老之日』，根本感覺不到對老年人的敬意，真是莫名其妙……糟了，我們又變成大叔大嬸了。我剛剛說的這些話，我記得我媽媽也說過。」

回程也和去程一樣，只走了短短五分鐘的時間，就看見了「荒川遊樂園前」的站牌。

時間才剛過下午四點半。

「妳已經能喝酒了？」

我朝青葉問道。

「嗯，上次我喝了葡萄柚沙瓦，還滿好喝的。」

「那我們現在去喝酒，如何？」

我問出這句話，算是鼓起了不小的勇氣。

「好啊，走吧！」

青葉回答得輕描淡寫。

「真的？」

「真的啊！為什麼又問一次？」

「沒什麼，只是確認一下。」

「當然是真的，其實我也正在期待你邀我去喝酒。你特地大老遠來這裡找我，如果就這樣結束，實在對你不太好意思。但要我自己講，我又說不出口，只好等你問我了。」

「那我就放心了。」

「但現在還不到五點，喝酒的店已經開了嗎？」

＊注22：日本有一部份的國定假日並非採用固定日期。例如：「成人之日」為一月的第二個星期一，「海之日」為七月的第三個星期一等。

「五點這個時間，應該都開了吧？町屋站附近應該也有喝酒的店。」

「嗯，連鎖的居酒屋相當多。我們走過去吧！大概要走三十分鐘，時間上應該剛剛好。」

「好，就這麼決定。」

「還可以省下搭荒川線的錢。」

「井崎，妳沒有定期車票？」

「沒有，我住的公寓就在大學附近，所以沒買。打工的地點選在町屋站附近，也是因為走路就能到，所以我想走路過去。」

「太好了，我也想走路。」

「不愧是柏木。如果是高瀨的話，此時又要抱怨了。」

「這算稱讚我嗎？」

「聽不出來嗎？我可是用盡最大力氣在稱讚你。」

我們沿著與荒川線專用鐵軌平行的道路，朝著町屋站緩緩邁步。鐵軌左右兩側的車道皆是單行道，但由於設有人行步道，所以走起來相當舒適，這一點與常見的下町老街景象頗有不同。單以氛圍而言，與南砂町有幾分相似。

當我們走到第三處站牌的前方，轉角處有間郵局時——

「從這邊往左轉，再往前走一點，就是我住的公寓，大學也在這附近。」

青葉說道。接著我們又走了十五分鐘，經過三處站牌，合計三十分鐘。

「到了，這一帶就是町屋。」

青葉說完，我們便往左轉又走了一會，看到一家平價的烤雞串連鎖店，等了三分鐘左右，就順利進入店內。

雖然是國定假日，而且才剛開店沒多久，但店內已有四、五組客人了，或許都是住在附近的人吧。

「今天我要挑戰啤酒。」

青葉這麼說。於是我跟她一同點了啤酒，此外還點了高麗菜、雞胸肉、雞腿肉及雞肉丸。

啤酒很快就送來了，我們各自端起杯子，互道一聲：「辛苦了！」讓杯緣輕輕碰撞。青葉喝了一口，我喝了大約三口。

「嗯，好喝。」我說道：「對了，今天我請客。」

「咦？不用啦，你不必請我。」

「不，我要請妳。剛剛我說要去喝酒的時候，就已經這麼決定了。」

「為什麼要請我？」

「妳不是二十歲了嗎？我若送妳生日禮物，也有點奇怪，所以請妳喝酒。」

「你真的要請我？」

「嗯，所以妳可以盡量點妳想吃的東西。今天我也想拿妳的生日當藉口，好好大吃一頓，所以等等我要吃一大堆肉。」

「但你在這家店再怎麼吃，也只吃得到雞肉。」

「所有的肉裡面，我最喜歡雞肉。或許是因為我爸爸從前開過專門提供雞肉料理的居酒屋吧！」

「真的嗎？」

「嗯，店名叫『雞取』，其實是從『鳥取』變化而來。」

「啊，是不是在站前通往市公所的路上？」

「對。」

「我看過那間店的招牌。」

「我爸爸經營那間店的時候，我們都還是小學生。」

「我也記得我是在讀小學的時候看見的。那時候我和我媽媽走在路上，我問媽媽：『**那兩個字怎麼讀**。』媽媽想了一下，跟我說：『**應該是讀作TOTTORI**。』我那時候還覺得很奇怪，『雞取』跟『鳥取』明明字不一樣，為什麼讀法會相同。媽媽跟我解釋，『雞』這個字也可以讀作『TORI』。因為這些對話的關係，我留下了印象。」

「噢？所以妳曾經從店門口走過？」

「那裡就在車站附近，任何人至少都會走過一、兩次。」

「嗯，所以租金也貴，才經營不下去吧！為了挑好地段而不計成本，或許就是失敗的原因。」

「畢竟鳥取不像東京，能夠稱得上是好地段的地方不多。」

「要在東京開店應該更不容易。我爸爸就是認為沒辦法在東京開店，才跑到鳥取去開。」

「你母親是鳥取人，你父親不是？」

「嗯，不過我媽媽在鳥取沒有親戚。」

我說的不是「幾乎沒有」，而是「**沒有**」。對我來說，我已經沒有親戚了。

說著說著，我向青葉聊起了自己的父親。上次在八重洲地下街，我主要聊的是關於我母親的事，這次輪到父親了，青葉只知道我父親在我讀高二時死於車禍。我向她稍微說明了那起車禍的詳情，那是一起自撞的車禍，而且罪魁禍首是一隻貓。我一邊說，一邊覺得這實在不是適合在生日聚會上聊的話題。

「原來是這樣，我以前完全不知道。」青葉說。

「通常閒聊時也不會提這些細節。」

「歷經了這些事情之後，你現在來到東京獨力謀生？」

「我只是為了活下去，再怎麼樣也得咬牙苦撐。想要能夠真正獨力謀生，我得盡早取得廚師執照才行。」

「你想當廚師？」

「嗯，有這個打算。」

「噢，難怪你會選擇在那間店工作。」

「倒也不是這個緣故，會在那裡工作只是偶然而已。我在那裡吃了一塊熱騰騰的絞肉排，忍不住就說出了：『我想在這裡工作。』」

我一面吃著烤雞串，一面把這件事的來龍去脈告訴了青葉，這次的話題終於沒有那麼灰暗了。我告訴青葉，如果剛開始沒有讓一位老奶奶先買可樂餅，或許我根本不會在那家店工作。

「原來是這樣，柏木也要走上和你父親相同的道路了。」

柏木也要？或許是因為她也要走上和她母親相同的道路，才那樣說的吧。

「廚師資格考試，應該不是隨時都能考吧？」

「嗯，東京每年只舉行一次考試。所以我希望能一次就考上，找一家店當廚師。」

「所以你正在準備考試？」

「算是吧！我買了不少書來讀，營養學、食品學什麼的，要讀的書很多。雖然還不到考大學的程度，但我現在比讀大學時用功多了。」

「你每天工作排得那麼滿，還要抽出時間讀書，應該很辛苦吧？」

「短期之內大概都是過這樣的生活。」

「在東京過日子，手頭應該很緊吧？」

「緊是緊，但也習慣了。自從來到東京後，就一直過著這樣的生活。除了巧克力的例子之外，這一年來我連衣服也幾乎沒買過。」

「我也一樣。這裡和鳥取不同，整條街上充滿了漂亮的衣服和飾物，但我身上的錢卻只夠生活基本開銷。真是殘酷的矛盾！」青葉笑著說道：「幸好我住的這附近還沒有那麼多誘惑。」

「我住的那一帶也差不多。」我想起商店街的「美麗專科出島」，說道：「上次我在商店街上的一家女性服飾店裡，第一次看見豹紋的衣服。」

「你說的是大嬸愛穿的那種豹紋裝？」

「對，就是從胸口到腹部畫著豹臉的針織裝。」

「豹紋裝啊……不知道我將來會不會也穿上那種衣服。」

「應該不會吧！路上穿那種衣服的人也很少。」

「如果要穿，至少也要穿得有模有樣。只要穿起來很合適，就算穿豹紋裝也沒關係。我覺得衣服真的很重要，光是買新衣服及穿新衣服的行為，就能讓心情變得愉快。」

「沒錯。」

「就算是便宜的衣服，只要是自己喜歡的，穿上了就會心情變好。就算是二手貨也沒關係，不見得要新品。錢這種東西雖然是愈多愈好，但錢少也有錢少的好處，至少買東西的時候會更加慎重挑選。」

「確實有道理。」

「柏木，你這麼瘦，不管穿什麼都好看。尤其是比較貼身的衣服，或是比較女性化的衣服，想必都會很合適吧！」

「我確實比較喜歡妳說的那種衣服，當然並不是因為女性化所以喜歡，而是我喜歡的大多剛好都是女性化的商品。高中的時候，我曾經有好幾次發現自己覺得設計得很好看的鞋子，卻因為是女鞋的關係，沒有我能穿的尺寸。」

「身材削瘦、適合穿女性化服裝的熟食店員工……真酷！」

「會酷嗎？熟食店員工應該要身材結實，看起來才酷吧？」

督次的體格正是這種類型，雖然身高不高，但身形壯碩，非常帥氣。

「但削瘦的廚師不是也很酷嗎？只做美食卻不吃美食，給人一種禁慾的帥氣感。」

我的父親正是這種類型，他雖然是廚師，但食量很小。現在回想起來，確實有點酷。

「好，那我也來走這個風格。既然沒錢買衣服，就不靠衣服打扮。唯一裝扮自己的手段，就是不變胖。」

「哇——」青葉忍不住喊道：「柏木，你知道你這句話的意義有多麼重大嗎？」

「咦？」

「對我們女孩子來說，想要不變胖可不知得做出多少犧牲。」

「話說回來，我要是經常吃我們店裡的可樂餅，可能馬上就變胖了。」

「柏木，希望你有一天能發明降低百分之九十油脂與熱量的夢幻油炸料理。」

「我也很想，但應該很難。要是能輕易做到，應該早就有人做出來了。而且油炸食物所能帶來的美夢，應該足以讓人把減肥的事情忘得一乾二淨。吃油炸食物的時候，是最幸福的時刻。」
「嗯，這麼說也對。就像服裝一樣，油炸食物確實也能讓人心情變好。炸物的美夢……真讓我有點感動。」
「等等，這不算什麼能夠感動人心的話吧？每個意志力不堅定的人，都可能說出這種話。」
「不過，偶而意志力不堅定也不錯。」
「嗯。」
「那我身為意志力不堅定的代表人物，可以點一份南蠻雞*23嗎？」
「好，點吧！除了南蠻雞之外，再點一份炙燒雞。」
「我剛好也想點這個。肉肉肉肉，雞雞雞雞……或許是因為跟牛肉、豬肉比起來，罪惡感比較輕的關係。雞肉真的對女孩子來說，有種擋不住的魅力。」
我們點了第二杯啤酒，以及南蠻雞、炙燒雞，啤酒同樣馬上就送來了。
「柏木，我覺得先說要請客的做法，實在很像你的風格。」

青葉喝了一口啤酒，說道。

「很像我的風格？」

「嗯，很像。先說要請客，被請的人才能放心享受美食。有些男人可能為了裝帥，會在吃完了才二話不說地付錢。」

「其實我也煩惱了一下，我怕先說要付錢，妳會變得不好意思點餐。」

「這一點也很像你的風格。」

「又很像？」

「嗯，很像。不過到頭來，你就是你。」

「我聽得一頭霧水。」

「雖然你上次說你已經不記得了，但我記得很清楚。當初在商店街裡，你讓路給我的時候，我一眼就認出你是柏木了。除了你的臉之外，你讓路的模樣更讓我確信是你。我一看見你，就回想起了高中的往事。」

＊注23：南蠻雞，一種帶有甜味的油炸雞肉料理，源自於日本宮崎縣。

「什麼往事？」
「其實也沒什麼大不了。像是，在學校走廊或階梯擦肩而過時，你總是會很自然地靠向牆壁。」
「有嗎？」
「有。」
「真的不是什麼大不了的事。」
「但這種事會在別人心中留下印象，所以在商店街遇見你的時候，我馬上就回想起來了。還有，文化祭那一次，不也是這樣嗎？」
「文化祭發生了什麼事？」
「你要參加樂團表演，卻沒有告訴任何人。你明明可以像其他樂團成員一樣到處向人炫耀，但你沒有這麼做。」
「嗯，畢竟我只是貝斯手。」
「這是兩碼子事，四個人都是樂團的成員。」

「話是這麼說沒錯。」

「要是我的話，既然要上臺表演，我一定到處向人宣傳。」

我們吃雞肉、喝啤酒、閒聊、歡笑。

距離母親去世只過了半年，我不禁問自己，像這樣飲酒作樂真的好嗎？但我試著用為他人慶祝生日為理由來說服自己。沒錯，就像是為了慶祝杏奈的生日而玩得太瘋的映樹一樣。

「高瀨他說……」

青葉突然開口說道。

「嗯？」

「……想跟我認真交往。其實他之前就說過一次，想跟我復合。這次他又說了，想跟我認真交往。」

「認真交往……」

「嗯，但是我拒絕了。」

「為什麼？」

「我覺得很難，或許是我的心胸太狹窄了吧！高瀨雖然是個很值得依賴的人，但跟我有些地方不一樣。雖然這是理所當然的事情，但我就是無法不在意。」

「例如什麼樣的地方？」

「上次我跟你說過的電車博愛座的事情，就是一個例子。另外，還有一個更微不足道的事，是關於行人穿越道。」

「行人穿越道？」

「假設在馬路的另一頭，有一個人在等紅燈，那是個我跟高瀨都不認識的路人，馬路上沒有車子，所以就算闖紅燈也不會有危險。那個人只要走得快一點，就可以穿越馬路了，但他沒有這麼做，還是乖乖等著燈號改變。」

「嗯。」

「像這種時候，高瀨還是會毫無顧忌地闖過紅燈，朝著那個人走過去。當然他可能並不是故意要捉弄那個人，但卻大剌剌地從那個人的身旁走過去。類似這樣的情況，發生了好幾次。當然我不是不能理解高瀨的行為，如果我趕時間的話，或許我也會闖那個紅燈。可是高瀨的情況是就算他不趕時間，也不會乖乖停下來等待，而且他還跟我說，明明沒有車子卻停下來等，根本是浪費時間，他不想當一個會做這種事的人。」

就跟博愛座的情況一樣，高瀨的觀點並沒有錯，我不能否認，這也是一種合理的想法。

「這不是該不該遵守行人號誌燈的問題，我想強調的不是『不能做的事情就是不能做』。我在意的是高瀨的行為一定讓站在馬路對面的人感覺不舒服，但是他卻完全不在乎。該怎麼說呢……就算互相不認識，當兩個人站在行人穿越道的兩端時，還是會形成某種特別的關係，不是嗎？然而，高瀨完全不把這樣的關係放在心上，我實在是沒有辦法忍受。雖然只是說起來相當無聊的事情，我就是無法不介意。當兩個人在一起時，如果有這樣的隔閡，心情也會受到影響。」

「所以妳拒絕了？」

「嗯，為了這種理由而拒絕，是不是很過分？」

到底過不過分，不是我能判斷的事情。或許高瀨涼認為很過分也不一定，他心裡可能認為別人等不等紅燈根本不關自己的事。

「他說他願意等我，要我再考慮一下。柏木，我原本沒有打算對你說這些的，但我還是忍不住說了。」

我相信她原本沒打算要說，否則不會等到喝了酒才說。因為我們並不是打從一開始就約好要喝酒，如果我沒有邀約，或許我們根本不會一起喝。

為了轉換心情，青葉喝了一口啤酒，改變了話題。

「對了，柏木，你真的不玩樂團了？」

「嗯。」

「貝斯只在家裡彈？」

「在家裡也不彈，我送人了。」

「咦？真的假的？送人了？送給誰？」

「店裡同事的兒子，一個國中生。」

於是我把這件事情告訴了青葉——準彌說他想要參加樂團，一美把這件事告訴了我。由於準彌負責的是貝斯，我想到可以把自己的貝斯送給他。聽說準彌每天練得很勤，還說過希望我能指導他。

青葉聽完之後，第一句話竟然是——

「現在的柏木竟然會送東西給別人，真是太了不起了。」

一個人的春天

我已經好久沒有到日本橋了，上一次到日本橋，是第一次和青葉私下見面的那天。當時我只是為了節省車錢，在地下鐵東西線的日本橋站下車，走到ＪＲ的東京站。

今天情況完全不同，我是真的有事才來到日本橋。我想造訪從前父親工作過的居酒屋。

當初在町屋站的烤雞串店裡，青葉說了一句：「**柏木也要走上和父親相同的道路。**」才讓我想到可以這麼做。

不過，我的心裡並沒有「追尋父親生前的足跡」之類冠冕堂皇的理由，只是單純想看看父親從前在什麼樣的店裡工作而已。還在就讀大學的時候，日本橋是我打工的地點，但我當時完全沒有這樣的念頭，只不過偶而會想到父親從前也在這一帶工作過。

我依稀記得店名叫做「山城」。父親過世之後，母親提到過好幾次，所以在我心中留下了印象。

我以智慧型手機上網搜尋，才得知山城如今已不存在了，所幸網路上還殘留了一點相關訊息。某個人在部落格裡提到了「**從前在日本橋三丁目的山城**」，而且還標示了山城的位置是在「**八重洲通旁的小巷內**」。我根據這個描述找去，發現了兩間可能前身是山城的店家。

這天是星期三，田野倉熟食店的公休日。

此時是下午四點多。我心想這個時間店裡應該已經有人了，於是拉開了其中一間候補店家的木拉門。

這間店名叫「真澄屋」，招牌上還寫著「海鮮」兩字。店內有桌椅座位及吧檯座位，看起來是一家高級的居酒屋。內部還是一片陰暗，只有吧檯內點著燈光，裡頭站著一個男人。
「不好意思。」
我站在門邊喊道，但對方沒有回應。
「不好意思。」
我又稍微拉高嗓音，喊了一次。
「五點才開。」
對方回應，顯然聽見了我的呼喚聲。
「呃，不，不是……我是想……」
對方同樣沒有回應，而且似乎不打算走出吧檯。
「打擾了。」
我不能就這麼放棄離開，迫於無奈，我只好再度開口。接著以快速但有些畏縮縮的動作走進店內，在吧檯前停下腳步。
「那個……不好意思……」

吧檯裡的男人看起來是廚師，大約四十五歲年紀，臉色有點難看。

「你怎麼隨便進來了？」

「抱歉，我想請教一件事。」

男人對我連瞧也不瞧一眼，只是專心處理著砧板上的魚。

「問什麼？」

「從前這附近有一家名叫山城的店，不曉得你是否曾聽過？」

「山城？」

「對，應該不是寫漢字，是寫平假名。」

「從前是指什麼時候？」

「大概二十年前吧。」

「沒聽過，我是五年前才來這裡工作。」

「呃……請問店內可能有其他人聽過嗎？」

「不知道，店長不在。」

「那……請問貴店在這裡經營幾年了？」

「不清楚。」

「噢，好吧，打擾了。」

我低頭鞠躬，走出店外，輕輕拉上拉門。

我忍不住嘆了口氣。對方的反應或許很正常吧，突然有個人闖進店裡問那種問題，他當然沒有回答的義務。

白忙了一場，我還是不知道這間真澄屋的前身是否就是山城。

從前位於日本橋三丁目的山城……八重洲通旁的小巷……我連「三丁目」是不是正確的資訊都無法證實，而且可能不是八重洲通旁的小巷，而是隔了兩條巷子。如果是寫部落格的人記錯了，那我也只能舉手投降。

如果要再追根究柢，其實日本橋這個地名相當籠統。日本有很多地名都冠上了日本橋這個字眼。例如：茅場町的正確名稱是日本橋茅場町，人形町的正確名稱是日本橋人形町。當然以上這兩個地名不太可能簡稱日本橋，但是日本橋室町或日本橋本町就很難說了，習慣上可能都會被稱為日本橋。

話雖如此，但這附近有可能曾經是山城的候補店家還剩下一間，我打算先去碰碰運氣，再決定接下來要怎麼做。對方可能正忙著做開店前的準備工作，我突然闖進去問問題，當然會引起對方的反感。因此我這次決定如果喊一聲沒人回應，就要立刻放棄，道歉後馬上離開。

抱定了這樣的主意，我拉開了那間店家的拉門，這間店的拉門也與真澄屋的拉門有幾分相似。店名是「多吉」，不過招牌上並沒有海鮮、天婦羅之類的字眼，就只有「多吉」兩字。

店內的氣氛也與真澄屋很像，有桌椅座位及吧檯座位，同樣具有高級感。一個身穿和服、看起來年紀不到三十歲的女店員一看見我，立即走了過來。

「抱歉，我們五點才營業。」

「啊，不好意思，我想請教一件事。」

「請說。」

「這附近從前是不是有一間名叫山城的店？」

「啊，可能是之前那家店吧……請稍等一下。」

女店員走向吧檯，與裡頭的人說了兩句話。

一個看起來像廚師的男人走了出來，五十多歲年紀，理著平頭，給人一種粗獷的感覺。雖然身上穿著白色廚師袍，但沒有戴帽子，所以看得出髮型。

「山城？有啊！」

男人對著我說道。

「真的嗎？」

「就是這裡。我們這間多吉開張之前，這裡就是山城。」

「山城現在已經沒有營業了？」

「收起來了吧！」

「有沒有可能是遷移到其他地方了？」

男人目不轉睛地看著我。

「你問這個做什麼？」

「呃……我認識的一個人，從前曾經在山城工作過。」

「你是哪位？」

「啊，抱歉，我姓柏木，我叫柏木聖輔。柏餅的柏，木頭的木，聖德太子的聖，車字邊的輔，柏木聖輔。從前家父曾經在山城工作過。」

「你父親？」

「是的。」

「他叫什麼？」

「義人。」

「義人……對，那個人確實是這個名字，原來你是他的兒子。你爸爸現在在做什麼？」

「他過世了。」

「咦？什麼時候過世的？」

「呃……大約三年半前。」

「怎麼會過世？生病嗎？」

「不是，是出了車禍。」

「唉，原來發生了這種事。你一定很難過吧？」

「啊，嗯。」

「坐吧，我想聽聽詳情。」

男人走向一張四人座的桌椅座位，拉開一張椅子，我坐下之後，男人也在我的對面坐下。店內突然亮了起來，或許是剛剛的女店員為我們開了燈，接著她送上了兩杯熱茶。

「謝謝。」男人說。

「不好意思，謝謝妳。」我也趕緊道謝。

女店員朝我們微微點頭，轉身離去。

「你今年幾歲？」

「二十歲。」

「這麼說來，柏木過世的時候，你還是高中生？」

「是的。」

「……啊，我姓丸，我叫丸初男。喝茶吧，別客氣。」

男人沉吟了一會，忽然說道。

「謝謝。」

我啜了一口茶。這不是綠茶，是焙茶；很燙，但是很好喝。

「柏木的年紀比我還小，去世時應該還很年輕吧？」

「他是在四十七歲去世的。」

「四十七！」丸初男喝了一口茶，接著問道：「什麼樣的車禍？走在路上被撞了？」

「不，當時家父開著車子。」

「噢，駕駛意外？」

「對，但是沒有撞上別人的車子，是自撞的意外。聽說是有一隻貓衝出馬路，他要閃避那隻貓……」

「真的嗎？太可憐了。」

我並不打算讓他知道我的母親後來也過世了，因為如果我說起這件事，那話題的主角就不再是父親，而是我了。

但沒想到對方竟然主動問起。

「你現在跟你母親住在一起？」

「不，我現在是一個人。」

「你搬出來一個人住？」

「對，我搬到東京來。我母親已經不在了。」

「不在了？」

「她也過世了，不過不是因為那起車禍的關係。」

「在柏木過世之前？」

「不是，是之後。呃……因為生了病。」

關於母親的死因，我只是含糊帶過，如果讓他得知我的母親是猝死，解釋起來有點麻煩，而且也偏離了正題。

「你現在一個人住？」

「對。」

「你剛剛說你搬到東京來了？你們家原本住在哪裡？」

「鳥取，我母親是鳥取人，所以家父到鳥取開了一間店。」

「什麼樣的店？」

「居酒屋，主要提供雞肉料理。」

「原來他在鳥取開了店。」

「對，不過在發生車禍的幾年前，他就把店收起來了。」

「後來他做什麼工作？」

「被一些店家雇用。」

「當廚師？」

「對。」

「唔……原來他去了鳥取。」丸初男接著問道：「聖輔，那你今天來這裡，是有什麼事嗎？」

「倒也不是有什麼事，只是聽說家父從前曾在山城工作過，所以想來看看。」我擔心說服力不夠，又補了一句：「我自己也想考廚師執照。」

「啊，原來是這麼回事。」

「嗯，我想學個一技之長。」

「這麼說來，柏木應該不知道你想當廚師？」

「嗯，家父不知道。」

「如果他知道的話，一定會很開心吧！」

「我只能這麼希望。」

「一定會很開心的。我如果有個想當廚師的兒子，不知會有多開心。可惜我只有女兒，而且對當廚師一點興趣也沒有。」

「丸先生，你認識家父？」

「認識啊！我也曾經在山城工作過，和柏木共事了兩年左右。我記得柏木是東京人？」

「對，他是青梅市出身。」

「對，青梅市，我想起來了。」

父親從小在母子單親家庭長大，住的是青梅市的市營住宅。母親雖然是鳥取人，但在東京住過一陣子，兩人就是在那時認識的。父親辭去山城的工作後，就與不習慣東京生活的母親回到了鳥取，開始經營居酒屋「雞取」。

關於父母親的年輕往事，我只知道這些，細節的部份，我也不清楚。他們都走得太突然，讓我沒有機會詢問；不，就算他們還活著，我多半也不會問吧。一般年輕人都不會關心父母的相識過程，孩子不會問，父母也不會說。但我現在實在有些懊悔，至少在父親過世之後，我就應該向母親問清楚才對。

「我不僅比柏木大兩歲，而且比他早兩年進入山城工作。」

父親的職場前輩，正如同映樹跟我的關係。

「柏木的料理技術很高明。可不是因為你是他的兒子，我才稱讚他。不，他那時候還太年輕，與其說他技術高明，不如該說是很有天分。我記得很清楚，那時我還擔心會被他超越呢！而且他體格削瘦，長相又不錯，很受客人歡迎，再加上旁邊有我這個粗野漢子，更是突顯出了他的一表人才。他不愛說話，但並不是態度差，而是不愛嚼舌根；我就不同了，平常最愛說三道四。仔細想想，當時我真是沒有一點比得上他。」

丸初男說到這裡，哈哈大笑起來。我不禁心想：**父親當時能跟這樣的人一起工作，應該也很快樂吧**。

「柏木辭職之後，我跟他就再也沒見過面了。原來他在鳥取開了店，而且後來死了。」

「嗯。」

「抱歉，我不該這麼說，勾起了你的悲傷回憶。」

「沒關係。」

「聖輔，你也是在鳥取出生長大？」

「對，不過現在住在東京。」

「學生？」

「不，我沒有辦法再讀下去，只好休學了。打從半年前起，我在一家熟食店工作。」

「熟食店？」

「對，在砂町銀座商店街。」

「砂町銀座……那裡挺有名，經常上電視呢！」

「我住的公寓剛好在那附近，所以決定在那裡工作。目前還只是打工而已，但是我打算工作兩年之後，報考廚師資格考試。」

「原來是這麼回事。你是柏木的兒子，一定也很有天分，我相信你以後一定會是個好廚師。」

「謝謝誇獎。」

「仔細一看，你跟你父親其實有點像。」

「不，稱不上很像，我比較像我母親。」

「嗯，不過神情有些相似。」

「第一次有人跟我這麼說。」

「或許因為得知你是他的兒子，所以才有這種感覺吧，搞不好是我的錯覺。」

「丸先生，你知道家父為什麼會辭去山城的工作嗎？」

「詳情我也不清楚。不過當時店裡還有另一個叫板垣的員工，柏木跟他有點處不好，或許那也是原因之一。其實不管是在哪一家店，員工之間或多或少都會有一些摩擦。如果你想知道得更加詳細，可以到銀座一家名叫『雞蘭』的店裡打聽。雞肉的雞，蘭花的蘭，雞蘭。那是從前經營山城的老闆娘所開的店。」

他接著告訴我，老闆娘的名字叫山城時子。

「其實山城原本的老闆叫山城力藏，也是個廚師，但他就跟柏木一樣，很年輕就去世了。柏木進入山城工作的時候，力藏已經不在了，山城的經營工作是由時子繼承。過了幾年之後，時子打算要在銀座開店，而且決定讓山城結束營業。如今我們這家店的老闆，跟時子很熟，在時子的介紹下，我才能留在這間店工作。其實時子也曾問我要不要到銀座的店工作，但是比起只提供雞肉料理的『雞蘭』，我還是比較喜歡待在什麼樣的料理都提供的這家店。人一旦上了年紀，就會盡可能不想改變環境。聖輔，你現在才二十歲，或許不懂我當時的心情吧！」

雖然我只有二十歲，但我非常能夠理解他的心情。如果可以的話，我也不想改變我的生活環境。雖然我的生活環境發生了變化，而且是巨大的變化，但那不是我的決定。

「所以雖然不是山城直接遷移店面，但也跟遷移店面沒有什麼太大差別。時子那邊我會跟她說一聲，你下次有機會去拜訪看看吧！」

「好的，謝謝丸先生。」

「等等我們這裡要開店了，改天再說吧！」

「好。」

「需不需要我告訴你電話號碼？」

「沒關係，我會自己查。不好意思，在你們開店前突然跑來打擾。」

「別這麼說，我很開心能見到你，也很高興能聽到老朋友的消息。雖然他的過世讓我有些難過，但總比什麼都不知道好得多。」

「謝謝你的茶。」

我一邊說，一邊站了起來。

丸初男同時起身，朝我伸出右手，我非常自然地握住了他的手。他在手掌上施加了一些力量，我也略加了一些握力，接著我們放開了彼此的手。

我其實並不習慣與他人握手，但這次的握手卻讓我感覺一切是如此理所當然。丸初男的手比我原本所想像的要柔軟得多，而且非常溫暖。感受到他人的體溫，對我來說是一種新鮮的感覺。

「那我先離開了。」

「沒能幫你什麼忙，只能希望你好好加油。」

「謝謝，我會加油的。」

我說完，來到了店外，輕輕拉上拉門，門簾布的邊角微微拂過了頭頂，我抬頭看了一眼招牌上的「多吉」兩字。

幸好我剛剛決定走進這家店，幸好我沒有在嘗試過第一家店之後就放棄。

＊＊＊＊＊

下一次的放假，是星期一。這天下午，我拜訪了銀座的雞蘭。

這一次，我事先取得了對方的同意。我在美食網站上查到了雞蘭的電話號碼，照著撥打了電話。接電話的是一名店員，我報上姓名並且說明了原由，對方於是將電話轉給了老闆娘山城時子。

『我想在星期一過去拜訪，不曉得方不方便？』我詢問。

『好啊，那你四點左右過來吧！』山城時子回答。

我算準了時間，在剛好四點的時候抵達。

雞蘭的位置在銀座二丁目的某大樓地下層，一走下樓梯，便看見兩間店，其中一間便是雞蘭，另一間則是河豚餐廳。

雞蘭的出入口也是拉門，而且同樣有門簾布，我鑽過門簾布，拉開了拉門。

「打擾了。」

走進一看，店內雖然稱不上寬敞，但也沒有想像中那麼狹窄。位於地下層的店，往往會給人這樣的感覺，不是比想像中寬敞，就是比想像中狹窄。

就跟當初進入多吉時一樣，首先走過來的是一名女店員。或許因為事先約好了，女店員的第一句話並不是「**歡迎光臨**」。

「午安。」

「打擾了，午安。」我回應。

「媽媽桑，他來了。」

女店員轉頭朝著店內深處喊道。

我一聽到「媽媽桑」這個稱呼，不禁有些手足無措。銀座的媽媽桑……這讓我想到了酒店。

山城時子旋即從店內深處走了出來，她的身上穿著薄薄的灰色毛衣及白色長褲，雖然看起來應該已年過六旬，但洋溢著年輕氣息。若說是酒店的媽媽桑，確實也有點像。

「歡迎，坐吧！」

「謝謝，真是不好意思，百忙之中來打擾。」

山城以手勢指示我坐下，就跟當初在多吉一樣，我坐的是桌椅座位。女店員旋即送上了茶，而且是熱的焙茶，這點也跟當初在多吉時相同。

「雖然裡頭有包廂，不過我想進包廂你也彆扭，就在這裡談吧！」

「好。」我想不出什麼客套話，只能勉強說了一句：「真氣派的店。」

「稱不上氣派，比山城狹窄多了。」

「但是看起來乾淨漂亮。」

「哪一間餐廳不是乾淨漂亮？不必勉強說這些體面話。」

山城笑了起來。

「請問……山城的店內氣氛，是不是就像我上次拜訪的多吉？」

「唔，裝潢似乎稍微改過，但大小是不會變的，廚房好像也沒有太大變化吧。那裡比這裡寬敞多了，對吧？」

「嗯。」

「那間店裡隨時都有三名廚師呢！」

「原來如此……」

「我聽阿丸說過了，你是柏木聖輔，聖德太子的聖，車字邊的輔。」

山城在餐桌上將雙手手指交握，說道。

「是的。」

「不僅阿丸吃驚，我也很吃驚，沒想到柏木的孩子會來拜訪我們。」

「真是不好意思，突然來打擾。」

「別這麼說，我很開心呢！其實我原本把柏木這個人忘得一乾二淨了，但聽到你的事情之後，馬上就想了起來。畢竟他長得人模人樣，讓我留下了印象。啊，對不起，人模人樣這個形容可能太失禮了，應該說他長得五官端正。聽說你告訴阿丸，你長得不像你父親？但我覺得你們長得很像呢！就像阿丸所說的，你們的神情有幾分相似。」

他們兩人都這麼說，或許真的是這樣吧，我與父親年輕的時候有幾分相似。

「有什麼想問的，盡管問吧！只要是我知道的事情，我會盡可能回答你。」

「謝謝妳。」

但是聽對方這麼說，我反而有些問不出口了。我到底想問什麼？有什麼是我非知道不可的事情？或許我只是想跟從前與父親有過接觸的人見個面、說說話而已。

「請問家父在山城工作了很久嗎？」

「倒也不算非常久，大概十年吧！日本橋的店家這些年來變化很大。那附近現在變得很漂亮，對吧？從前的氣氛已經幾乎感覺不到了。」

「對，現在很漂亮。」

「日本橋正持續進行大規模的改造開發，未來還會變得跟現在完全不同。高島屋、三越、東急……從前說起日本橋，大家只會想到這些百貨公司，但是東急現在已經收起來了。你應該沒聽過東急百貨的日本橋店吧？」

「沒有聽過。」

「餐飲業應該也會出現更多鎖定年輕族群的店家，但是租金也會愈來愈貴，要經營下去只會更加困難。當初收掉山城，或許是正確的決定。雖然銀座的租金也沒有比較便宜……」

銀座的店面租金……光憑想像就知道一定很貴。田野倉熟食店絕對不可能在銀座開一家分店。在銀座賣可樂餅……或許有可能引發一陣熱潮，但熱潮能維持多久是個問題。更何況在這種地方賣可樂餅，一個要賣多少錢才能回本？

「山城是我那過世的丈夫所開的第一家店。」

「力藏先生嗎？」

「沒錯，我們的夢想是在銀座開店，日本橋的山城只是實現夢想的第一步而已。但沒想到他罹患癌症，四十多歲就死了。或許因為年輕的關係，癌細胞蔓延的速度很快，一下子就奪走了他的性命。」

四十多歲病逝確實算是非常年輕，我很清楚這種感覺，因為我的母親也是這樣。如果是死於意外，那就沒有年不年輕的分別了。

「剛開始的時候，我原本打算雖然丈夫不在了，還是要緊緊守住山城這家店。後來我決定再加把勁，實現我們在銀座開店的約定。」

「但是這裡的店名並不是山城。」

「沒錯，這是我丈夫想出來的店名。雞是雞肉料理的雞，因為喜歡蘭花，所以叫雞蘭。」

「力藏先生喜歡花？」

「是我喜歡花，特別喜歡蘭花。所以他說如果在銀座開店，就取名為雞蘭。」

「原來如此。」

「到底該維持山城這個店名，還是該改成雞蘭，我煩惱了很久，後來決定遵照他生前的想法。而且這是一家專門提供雞肉料理的店，還是應該要有個雞字。茶快涼了，趁熱喝吧！」

「好，謝謝。」

我端起茶杯啜了一口，好美味，當初在多吉喝的茶也是這種感覺。光是使用昂貴的茶杯，似乎就能讓茶的美味程度截然不同。據說人的味覺會受到視覺相當大的影響，或許真是如此。

「聽說柏木在鳥取開了店？」

「對。」

「你的母親是那裡的人，對吧？」

「對，家父似乎認為在東京開店實在太難了。」

自從上次拜訪了多吉之後，我自己也有這種感覺，在東京開店實在是太難了。不，甚至不必到多吉的程度，光是看田野倉熟食店，就知道開店有多難。要擁有一間店，除了料理才能之外，還必須具備經營才能。就算有了這兩項才能，如果運氣不好，一樣經營不下去。

「不過在鳥取那種小地方開店，似乎也不是件簡單的事，家父開的店後來還是倒了。」

「經營一家店本來就不容易。就算剛開始生意不錯，也不代表能長久維持下去。經營的風向隨時都在改變，大約有八成是寒冷的北風，只有兩成是溫暖的南風。在我看來，開店就像是在比耐力，熬久了才有出頭天。但如果一直沒有起色，還是得快刀斬亂麻，否則連自己都會被店拖垮。」

真的是這樣沒錯，而且快刀斬亂麻的時機點非常重要。父親就是決定得太晚了，才會欠下龐大債務，最後他的死亡保險金全都只能拿去還債。

「鳥取啊……我也曾到砂丘觀光過，那裡的城鎮確實不大。」

「嗯，家父的店也和貴店一樣，店名的頭一個字是雞。他把鳥取的鳥換成了雞，叫作雞取。」

「發音也和鳥取一樣，是TOTTORI？」

「對，一語雙關。」

「這名稱取得不錯，不是那種單純只是想逗人發笑的一語雙關。」

經她這麼一說，我也確實有這種感覺。光看這個店名，就知道這是一家以雞肉料理為主要餐點的店。

「雞取收起來之後，柏木就到其他店家工作？」

「對，當廚師。」

「也是在鳥取？」

「對。」

「後來死於車禍？」

「對。」

「就跟我丈夫一樣，四十多歲就走了。」

「當時家父是四十七歲。」

「車禍也同樣令人難過，雖然跟生病不同，但各有各的煎熬。」

「嗯，很煎熬。」

「後來連你母親也生病過世了？」

「嗯。」

或許是基於一股安心感，我忍不住對山城說出了詳情——我的母親雖然是猝死，但名義上還是算因病身故。那一天，我突然接到了母親的同事打來的電話，我在當天就趕回了鳥取，為了辦喪禮及整理遺物，在鳥取待了兩星期。

我在話中提到了基志表舅，因為如果我不說，就會變成一切後事彷彿都是我獨力完成。但我只是輕輕提到有位遠房親戚幫了不少忙，並沒有說出五十萬圓及後來的十萬圓的事。

「那是什麼時候發生的事？」

「去年九月。」

「才剛過半年？而且三年前父親才剛過世……父母其中一方過世就已經夠令人難過了，你卻在那麼短的時間內遇上兩次……」

「嗯，但是該怎麼說呢……遇上兩次並不會讓悲傷變成整整兩倍。如果真的是整整兩倍，我一定承受不了吧！雖然不是兩倍，但兩種悲傷混雜在一起，會變成一種更加複雜的心情。」

我感覺自己說得語無倫次，但我找不到更加合適的說法，這就是我現階段的真實感想。

「聖輔，你現在住在東京？」

「對，我住在南砂町。」

「呃……東西線的南砂町？」

「對。」

「你在熟食店工作？」

「對，砂町銀座商店街裡的熟食店。」

「那地方挺有名，我在電視上看過幾次。」

「開始工作之前，我幾乎不曾去過那裡。那是個相當奇妙的地方，明明離每個車站都很遠，卻總是相當熱鬧。」

「離車站遠或許反而是好事。在那種交通不便的地方，有個具有魅力的商店街，反而能夠吸引來自四面八方的人潮。」

「啊，原來如此。」

「你在那間店裡實習？」

「不是那種好聽的身分，我只是在那裡打工而已。我打算工作兩年後報考廚師資格考試。」

「你想跟柏木一樣當廚師？」

「對，我沒辦法繼續讀大學，只能選擇這麼做。」

「我認為這是很好的選擇。」

「謝謝。」

「不知道為什麼，阿丸好像很開心。他在電話裡還說，希望你能成為像聖德太子[*24]一樣的廚師。我聽得一頭霧水，卻又明白他想表達的意思。」

山城忍俊不禁。我也笑了出來。

要成為像聖德太子一樣的廚師，當然是不可能的事，但作為一個努力的目標，或許相當合適。與其努力讓自己變得像聖德太子一樣，不如先努力讓自己變得像父親一樣。

於是我問出了當初在多吉也曾問過的問題。

「請問山城女士，妳知道家父為何會辭去山城的工作嗎？」

「我知道。」山城輕啜口茶，嘆了口氣，說道：「既然你是他的兒子，我也不用瞞你。我丈夫去世之後，山城總共有三名廚師，分別是柏木、阿丸，以及一個姓板垣的人。這一點，阿丸有沒有跟你提過？」

「有，但除此之外他什麼也沒說。」

「板垣的全名是板垣三郎，三個人之中，他的年紀最大、資歷最長，而且料理的技術也最高明。但他有一股傳統老師傅的牛脾氣，對人不太友善。遇上對料理不熟悉的客人，他可能理也不理，甚至是對客人擺架子。」

我心想，大概就是像日本橋真澄屋的那個廚師那樣吧。

「因為這個緣故，柏木跟板垣經常產生摩擦。餐廳裡的廚師都有著很明確的上下關係，所以只要是關於料理上的事，柏木完全遵從板垣的指示。但是關於與客人的應對進退，柏木就有意見了；不，不應該說是意見，應該說是建議。柏木認為不管對什麼樣的客人，都不應該擺出高高在上的態度。板垣為此很不滿，還曾經對柏木動手。」

＊注24：聖德太子，是日本飛鳥時代的皇子，輔佐推古天皇推動政治改革。據說聖德太子從小天資聰穎，能夠同時聽十個人說話，而且對答如流。

「他動手毆打了家父？」

「沒錯，雖然不在營業時間裡，但就在山城的店內。阿丸趕緊上前勸阻。」

「家父如何回應？」

「柏木沒有作出任何回應，既沒有道歉，也沒有還手。但是柏木在事後倒是向我道了歉，他認為自己給我添了麻煩。柏木就是這樣的人，搞不好比板垣還要頑固。」

我不禁感到有些意外，那不是我所熟悉的父親。但聽了這段往事，我隱約能理解父親當時的心情。

「自從發生了這件事之後，兩人就再也沒有說過半句話。剛開始的時候，柏木還是會向板垣打招呼，但是板垣完全不理睬他，不久之後，柏木也放棄了。兩人的關係鬧得這麼僵，對工作當然也造成了影響。我為此數落了板垣幾句，他反而要我在他和柏木之間作出抉擇。」

「意思是，必須開除其中一人？」

「沒錯，老實說，我當時非常苦惱。那時候我丈夫已經去世了，我滿腦子只想著無論如何一定要讓這家店順利經營下去。板垣的技術真的很好，有不少客人每個月至少會來光顧一次，就只為了吃他所作的料理，如果這些客人再也不上門，真的是非常大的損失。我正不知道該怎麼辦才好的時候，柏木竟然主動跟我說他想要辭職。板垣逼迫我作出抉擇的事情，我並沒有告訴他，但他藉由察言觀色，大概已經猜到了。」

「嗯……」

「於是我就順水推舟，接受了他的請辭，沒有說一句慰留的話。柏木臨走之際，也沒有說出任何埋怨之語。柏木離開了山城之後，這件事就這麼結束了。我招募了一個年輕的廚師來頂替他的位置，化解了經營上的危機。但是不到一年之後，板垣就跳槽到其他店家去了。」

「他也辭職了？離開了山城？」

「對，他被人挖角，就這麼辭職了，完全不顧半點情分。同樣是辭職，跟柏木卻是有著天壤之別。我丈夫生前曾經說過一句話：『開店不能靠情分，但是不能不講情分。』當時我才深刻體會到這句話有多麼重要。」

她的丈夫，山城力藏。

「這件事讓我一直認為自己是遭到了報應，所以柏木這個人在我心中留下了深刻印象。但我完全沒有想到，還有機會對他的兒子說起這件往事。」

「真是不好意思。」

「該道歉的是我。對不起，我對你父親做了那樣不盡人情的事。」

「不，請別這麼說。」

「聖輔，我很高興能有這個機會告訴你這些，我沒有機會向柏木道歉，至少向他的兒子道歉了。」

「我也很高興能夠知道這些事。」

「柏木後來跟交往的對象結了婚，那位女性應該就是你的母親吧！我當時就知道柏木有女朋友，雖然柏木自己從來不提這種事。但是有一次，我看見他拿著一個LV的紙袋，我問他：『那是什麼？』他露出不小心被我發現的表情，回答：『**那是送給女朋友的禮物。**』」

LV，連我也曾聽過這個牌子——Louis Vuitton，高級服飾品牌——父親送這樣的禮物，一定是下了很大的決心吧。但是母親的遺物中沒有任何LV的產品，或許是為了生活，已經變賣掉了也不一定。

「聖輔。」

「是。」

「如果你找不到工作，就來我這裡吧！我可以讓你在我的店裡打工。不過這年頭餐飲業愈來愈難徵人，搞不好是我要求你呢！如果你能立刻來上班，反而是幫了我大忙。所以如果你真的沒地方去，一定要來找我。」

「好，謝謝山城女士。」

「其他有什麼想問的問題嗎？」

「沒有了，想問的都問完了。」

「下次你以客人的身分來吧，我可以給你特別招待。你已經能喝酒了？」

「是的，我二十歲了。」

「那太好了，隨時歡迎你來。」

「好，謝謝妳的熱茶。」

我起身說道。山城也站了起來。

「真是抱歉，這次沒能給你什麼招待。」

「請別這麼說，打擾了。」

「真的要來喲，別跟我客氣。」

「好。」

我走出雞蘭，輕輕拉上拉門，登上階梯，來到路面上。

時間是將近下午五點，眼前是迫不及待等著夜晚降臨的銀座。

我走到中央通，朝著日本橋的方向前進。但我的目的並不是想再去一次多吉，只是因為從銀座站搭地下鐵會貴三十圓，所以我想走到日本橋站再上車。這樣的舉動，我大概會永遠持續下去吧。

我走在中央通的寬廣步道上，思考著關於父親的事。

雞取結束營業後，父親的主要工作地點還是居酒屋，工作時間通常是中午到深夜。所以我跟他幾乎沒有什麼相處的時間，當然也就沒有機會好好聊天。

父親在家裡很少做菜，但他似乎不是不想做，而是想把表現廚藝的機會讓給母親。母親也一樣，常常會刻意讓父親有表現的機會。

我現在依然清楚地記得，在我高中入學考的前一天晚上，父親剛好休假，所以他為我做了菜。我連那道料理都記得一清二楚，那是蒸雞肉淋上特製的醬汁，那醬汁非常美味，有一點辣，有一點甜，非常下飯。當然那醬汁也是父親製作的，而且只花了非常短的時間，令當時的我不禁佩服廚師的神通廣大。

父親從小在母子單親家庭長大，讀大學雖然並非絕無可能，但應該機會渺茫吧。或許因為這個緣故，父親才會在很年輕的時候就決定當個廚師。

如今過著這樣的生活，我才隱約能體會父親當時的處境。

＊＊＊＊＊

隔天，我拜訪了芦澤家，也就是一美的住處，因為準彌希望我教他演奏貝斯的基本技巧。

剛開始的時候，我不好意思到他們家打擾，所以打算讓準彌來我的公寓房間。但是一美認為這樣太給我添麻煩了，雖然我再三強調一點也不麻煩，一美還是堅持要我去他們家。

這天是星期三，田野倉熟食店放假，一美當然在家。

他們家位於大島的都營住宅，由於一美每天都是走路到田野倉熟食店工作，所以是步行就能到的距離。

但這天不是週末，準彌得上學，因此我們約了下午四點半見面。

我沿著丸八通往北走，渡過小名木川上頭的橋，進入都營住宅。我怕太早到會造成他們的困擾，所以算準了剛好四點半抵達。但是都營住宅的棟數實在太多，我搞不清楚是哪一棟，結果遲到了三分鐘。

我按下門鈴，一美為我開了門，她的臉上化著淡妝，就和到店裡上班時一樣。

「歡迎。」

「對不起，我遲到了。」

「這裡是我家，根本沒差。進來吧！」

「叨擾了。」

說完，我脫下鞋子，走進屋內。裡頭空間不大，格局是兩房一廳，整理得乾淨整齊，相當符合一美的風格。

我不禁想起了母親當初在鳥取所住的縣營住宅。這一類的社區，看起來都大同小異，或許偏低的天花板是最大的主因。

準彌的房間是西式風格。一美將我帶進了房裡，準彌正坐在書桌前，貝斯已放在腿上。一回到家立刻彈起貝斯，這應該算是好事吧。

「午安。」我說。

「午安。」準彌也回了一聲。

「你已經在彈了？」

「嗯。」

「順利嗎？」

「好難，手指好痛。原本起了水泡，現在又破掉了。」

「多破個幾次，就會變硬了。到時候指尖會長繭，就不會痛了。」

「我家太窄了，真不好意思。」一美對我說道：「請坐吧！」

一美輕輕擺手，要我坐在床緣。那是一張造型簡單樸素的鐵架床，或許也是宜得利的產品。

「我去泡茶。」

「謝謝。」

「你要綠茶還是咖啡？啊，還可以選可可。」

「可可好了，平常一個人不會喝這種東西，讓我有點心動。」

「那我去泡可可。不甜的可以嗎？」

「可以。」

「好，準彌也一樣嗎？」

「嗯。」

一美於是轉身離開，到廚房去了。

「你練得很勤嗎？」

我旋即問準彌。

「嗯，每天都練。我買了指導手冊，每天看著練，但有很多東西光看指導手冊還是不明白。」

「嗯，貝斯本來就沒有固定的彈法，你應該試著找出適合自己的練習方法。DoReMiFaSolLaSiDo已經會彈了嗎？」

「勉強算是學會了。」

準彌實際彈給我看，DoRe、MiFaSol、LaSiDo。

雖然是沒有擴音音箱的裸音，但音色彈得相當清晰。Re與Mi中間及Sol與La中間有一點停頓，是因為彈的弦不一樣。

「我覺得DoReMi應該是基礎，所以一直在練這個。有時練低音，有時練高音。」

「同時習慣低音階與高音階是很好的練習法，不過我看你好像都沒有使用小指？」

「小指使不出力氣，所以忍不住就會改用無名指。」

「最好別這麼做，一旦養成了習慣，以後會很麻煩。指導手冊裡沒有提到這一點嗎？」

「好像有寫到每一根手指都要用到。」

「剛開始雖然辛苦一點，但最好堅持使用小指。不，不是最好，是一定要。

正因為小指的力氣最小，才需要多加使用，把小指的力氣練起來。」

「但我用無名指也能按得到。」

「能用小指彈，會變得很輕鬆，不能用就會變得很累。借我一下，我示範給你看。」

我從準彌的手中接過貝斯——Ibanez牌的黑色貝斯，好久沒見到它了——接著擺好姿勢，開始彈奏。為了讓準彌看得清楚，我故意彈得相當慢。

首先我使用了小指，DoReMiFaSolLaSiDo；接著我刻意不使用小指，Do、Re、Mi、Fa、Sol、La、Si、Do。我故意把每個音都分開來彈，尤其是使用無名指的音，分隔得特別清楚。第二次彈的時候，我稍微加快了速度，但還是分得清清楚楚。

「你聽出來了嗎？使用小指能彈得很平順，但如果使用無名指，就容易出現間隔，變得卡卡的。假如遇上快節奏的樂句，甚至可能會彈不出來。所以你一定要從一開始就練習使用小指，否則以後要改過來會更累。」

「我知道了。」

「使用久了之後，你的小指也會變得很有力氣，就跟其他指頭沒什麼不同。」

「嗯，以後我會用小指彈。」

「另外還有一點，是關於撥弦的方法。右手的食指和中指，不見得一定要輪流用，應該要配合節奏做出適當的變化。例如：八拍的音如果是『噠噠噠噠噠噠噠噠』，輪流使用食指和中指也沒關係；但如果是『噠噠、噠噠、噠噠、噠噠』的話，第一個『噠噠』應該以食指連彈兩次，第二個『噠噠』應該以中指連彈兩次，這樣比較能掌握節奏。拍子不是有正拍與反拍的分別嗎？大概就類似正拍用食指、反拍用中指的感覺吧。」

我解釋完之後，實際彈了一次給他看。

「喔喔——」

準彌發出驚嘆聲。

「這樣的練習方式，應該進步比較快。過了一陣子之後，就算腦袋什麼也沒想，手指也會配合節奏做出適合的動作。」

「真的嗎？」

「真的。」

「我也能學會嗎？」

「任何人都能學會。」

「你能不能多彈一點？隨便彈一首曲子吧！」

我正要將貝斯還給準彌，他卻這麼說道。

「只有貝斯，可能聽不出旋律。啊，這首或許可以。」

高中的時候，我們以「聖星誓」的名義，所演奏的Evergreen BAMBOOS樂團的《Evergreen BAMBOO》，這首曲子的貝斯旋律相當獨特。

「啊，這是BAMBOOS的曲子。」

準彌一聽我彈奏，旋即說道。

「噢，你知道？」我說。

「好厲害，跟原曲一模一樣。」

「因為我完全照彈，沒有加以變化。」

「我將來也能彈得出這首曲子嗎？」

「可以啊，這首並不算太難。」

「真的嗎？」

「嗯，只要有半年的時間，應該就能練起來吧！要不要在文化祭上彈這一首？你們的文化祭是什麼時候？」

「九月。」

「噢，算起來只有五個月……加油，試試看吧！」

「嗯，我會跟樂團的成員們建議彈這首。」

就在這時，一美送上了可可，托盤裡也放著據說連外國人都非常喜歡的抹茶口味KitKat巧克力，除此之外，還有最常見的配茶點心HAPPYTURN米菓。

「這組合有點怪，真是不好意思。」一美說道：「原本是想要同時準備日式和西式的點心，沒想到卻變得不倫不類。」

「兩種我都喜歡。平常我不買零食的，今天真是太開心了。」

「謝謝你不嫌棄。」一美將托盤放在書桌上，朝準彌問道：「柏木老師厲不厲害？」

「厲害，非常厲害。」

「沒有啦！以玩樂團的人來說，我的技術很普通，一點也不厲害。」

我趕緊否定，這並不是謙虛，而是真正的否定。

「啊，對了。」準彌突然問道：「你會那個嗎？呃……是叫什麼來著？啊，SLAP？」

SLAP，有時稱作擊弦。簡單來說，就是一邊以右手拇指敲打弦，一邊以食指及中指從下方拉弦，撞擊在指板上，如此一來，就能製造出類似打擊樂器的效果。這是讓經常遭到遺忘的貝斯手，一瞬間吸引觀眾目光的帥氣技巧之一。

我自己並不是很喜歡這種演奏方式，我還是比較喜歡最基本的旋律彈法。

「我很少這麼彈，只能裝裝樣子。」

我一面說，一面簡單地示範了一下。

「喔喔，好厲害！」

其實我的手法相當拙劣，只能騙騙小孩子；幸好準彌就是小孩子，他被我騙了。

「哇，真的好厲害！原來聖輔彈貝斯彈得這麼好。」

就連已經不是小孩子的一美，也被我騙了。

這就是SLAP的厲害之處。它能讓觀眾覺得彈奏者很厲害，把觀眾唬得一愣一愣的，就算只是隨手亂彈，聽起來也像一首曲子。

我放下貝斯，進入休息時間。

我們喝了可可，吃了KitKat巧克力和HAPPYTURN米菓，全都很好吃。

我不禁心想：**終於吃到巧克力了**。距離上次在荒川遊樂園對青葉說：「**我**

已經一年沒吃巧克力。」又過了一段不短的時間。

至於可可，睽違的時間更長了。讀高中的時候，母親曾泡給我喝過，但從那次之後，我就再也沒有喝過可可了。接著我又聯想到，母親生前也很喜歡吃HAPPYTURN米菓。

吃完了點心，我們繼續練習貝斯。不，練習的是準彌，我是指導老師，感覺自己好像變得很偉大。

準彌勉強使用小指彈弦，乍看之下好像技術退步了。他自己也這麼嘀咕。

「別擔心。」我說道：「以後你就會看見成效了，現在先忍耐一下。不，不是一下，是大概兩個月左右。」

「太久了吧……」準彌笑了出來。「兩個月後，都已經進入梅雨季了。」

「但是等到梅雨季結束的時候，你就能彈《Evergreen BAMBOO》了。」

「真的嗎？」

「應該吧！」

「只是應該？」

「不，是真的。只不過……」我壓低了聲音，不讓站在廚房的一美聽見。

「你也得分一點時間準備考試，否則的話，我的處境可能有點危險。」

「這我知道。不念書的話，不只你危險，我也會非常危險。」

教國中生彈貝斯，比想像中要有趣得多。包含喝可可、吃KitKat巧克力及HAPPYTURN米菓的時間在內，總共教了兩小時。初學者應該要知道的知識，都教得差不多了，接下來就只剩下好好練習。能不能進步，就看準彌自己了。

我站了起來，正準備要告辭離開。

「聖輔，你留下來吃完晚飯再走吧。」

一美突然說道。

「啊……不用了啦！」

「留下來吧！」

準彌也這麼說。

「我剛剛吃了點心，已經飽了。」

「那樣怎麼會飽？何況你還送我們貝斯，好歹得招待你吃頓飯才行。」

「那是我自己硬要給的。謝謝你們的好意，我真的很開心，但我今天就不再叨擾了。」

「該不會是跟女朋友有約吧？」

「不是那麼回事，我根本沒有女朋友。」

「沒有嗎？」

「嗯，我根本沒有餘力交女朋友。」

「交女朋友跟有沒有餘力沒關係吧？」

「嗯，話是這麼說沒錯。」

督次也曾說過類似的話：就算沒錢，還是能交女朋友。

「好，那就下次吧！你有什麼想吃的，儘管跟我說。」

「謝謝，那我告辭了。」

「聖輔哥，謝謝你，我一定會認真練習的。」

聽了準彌的這句話，我心情愉悅地走出了芦澤家。

下了樓梯，走出公寓外，這時已是晚上六點半，天空一片灰暗。

但這裡畢竟是東京，不管置身在任何角落，周圍都一定或多或少有些亮光，不會暗到伸手不見五指的程度。町與町是緊緊相連，亮光當然也會連成一片。如果是鄉下地方，町的邊緣可能會有一些漆黑的區域，但東京沒有那樣的區域。

我早已習慣了這種就算到了夜晚也不會一片漆黑的狀態，這讓我感到有些開心，也有些難過。

＊＊＊＊＊

我在芦澤家沒有留下來吃飯，卻意外在另一個人的家裡用餐。

那個地方不在東京都內，也不在鳥取縣，而是位於千葉縣習志野市的川岸家，從東京都的江東區還要搭乘將近三十分鐘的電車。

我在讀大學時所組的樂團內，有個叫川岸清澄的鼓手，那裡就是他的家，而且是他的父母所住的老家。招待我的人嚴格來說不是清澄，而是他的母親。

有一天，清澄以LINE打電話給我。

「柏木，我把你的事情告訴了我媽媽，她說要請你吃午餐。」清澄說。

我一問詳情，似乎是清澄偶然間隨口向母親說起有個樂團同伴不讀大學了，母親追問原因，他稍微告訴了母親一些關於我的事情，例如：我的父母相繼身亡，所以我為了維持生計只能放棄大學學業等等。

清澄的母親伊代子聽完之後，突然告訴清澄，想要招待我到家裡坐坐，所以清澄打了電話給我。

「柏木，不好意思，你能不能來一趟？我媽媽這個人很頑固，話一說出口就一定要做到。」

因為這個緣故，所以我去了一趟川岸家。

我選擇在星期一前往，因為我這一天放假，清澄也不必到學校上課。

川岸家位在習志野市的一座鄰近海岸的住宅區，這一帶有公寓社區，也有透天厝，規劃得整整齊齊。不過沒有商店街，而且聽說便利商店也少，或許是因為獨居者不多的關係吧。這是清澄的推測，我聽了也覺得挺有道理。

清澄是法學系學生，不知道是不是因為這個緣故，他的腦筋比劍跟我都聰明得多。

從JR京葉線的新習志野站，徒步約十五分鐘即可抵達川岸家。但是清澄認為從我住的南砂町出發，應該是搭總武線到津田沼站比較方便，所以他特地開了家裡的車子到津田沼站來接我。

「這是什麼車。」

上了車之後，我問。

「PRIUS。」清澄回答。

「噢，原來這就是大家常說的PRIUS。」我說。

「車子剛送來我家的時候，我的感想也跟你現在一樣。噢，原來這就是

PRIUS。」清澄說。

川岸家就在一所高中的旁邊，那是清澄的母校。川岸家的建築物本身是相當平凡的透天厝，採西式風格，一樓及二樓直接連貫。

清澄將車開進了車庫，由於是油電混合車的關係，引擎聲非常小。但清澄的母親伊代子似乎還是聽見了，特地開門出來，走到門外來迎接我們。

「歡迎。」

伊代子先打了招呼。

「打擾了。」

我趕緊回應。

脫了鞋子，跨上門內地板，在伊代子的指示下換了拖鞋。不對，說指示太失禮了，應該說承蒙對方提供了拖鞋。接著我們走進了客廳。

整個家裡非常乾淨整潔，而且感覺得到平常就維持這個狀態，並非特地打掃過。透天厝的氛圍與都營住宅或鳥取的縣營住宅可說是截然不同，除了狹窄與寬敞的差別之外，還有一種難以形容的寬裕感，這股寬裕感瀰漫在整個屋子之中。

此時剛過中午十二點，伊代子已經準備好午飯了。

在開飯之前，我先遞出了伴手禮——田野倉熟食店的一些配菜。

早上離開公寓後，我先繞到了田野倉熟食店，買了一些剛擺出來的炸物，我當然付了錢。

「為什麼買這些。」督次問。

我據實說明了原因。

「既然是這樣，直接拿去就好。」督次說。

我還是堅持要付錢，因為我覺得拿免費的東西當伴手禮似乎有些失禮。

「那我多送你一些。」督次接著又說。

我答應了。或許這也算是我的缺點吧，實在是太沒有原則了；但也因為我的沒有原則，多拿到了螃蟹奶油可樂餅。川岸家有三個人，所以我買了三塊炸腰內豬排、三塊炸火腿排、三塊豆渣可樂餅、三塊螃蟹奶油可樂餅。

「今天聖輔是客人，我來幫你服務。」

一美走過來幫我裝盒，總共裝了三個盒子。三個大人真的吃得下這麼多油炸食物嗎？我不禁有些擔心，但太多總好過不夠。

我將三個盒子連同白色塑膠袋一起遞給伊代子。

「這是我們店裡自己做的，如果不嫌棄的話，請笑納。」

「啊，可樂餅？還有炸豬排？謝謝你。」

接著我們三人走向餐桌，開始享用午餐。

伊代子告訴我，今天的主餐是香煎鱈魚排。鱈魚這種食物，我自從上大學之後就再也沒吃過了，由於太少機會接觸，我甚至不記得「鱈」的漢字怎麼寫。我問清澄，他說是下雪的雪配上魚字邊，聽他這麼一說，我登時想起確實是這麼寫沒錯，如果他沒說，我永遠也想不起來。

香煎鱈魚排放在看起來相當昂貴的盤子裡；不，或許不應該形容成看起來相當昂貴，應該形容成相當雅致吧。白飯也是放在同樣相當雅致的扁平盤子裡，而且餐具使用的是刀叉，而不是筷子。

「哇，好像家庭餐廳[*25]的風格。」我忍不住說道。但我一想不對，趕緊向伊代子補了一句：「啊，我的意思不是很便宜，而是看起來就像吃西餐。」

「看起來就像吃西餐？」

清澄重複了我的話。

「呃……對我來說，家庭餐廳就已經算是相當高級的餐廳了。」

「你為什麼要急著解釋？」

清澄笑了出來。

「我猜想你應該沒什麼吃魚的機會，所以今天才煎了魚排。」伊代子說道：

「比起吃肉，我猜想今天應該比較適合吃魚。」

「既然是這樣，為什麼不選擇日式料理？」清澄說道：「鹽烤鯖魚或烤竹筴魚乾什麼的。」

「那太沒意思了，難得招待你的朋友，媽媽也想耍帥一下。」

我不禁笑了出來。聽母親那個世代的女性，說出「耍帥」這個字眼，反而給人一種不做作的安心感。

「你可別誤會，我們家也不是每天都用刀叉吃飯。」

清澄對我說道。

即便如此，至少這個家庭散發出一種，就算使用刀叉也不突兀的氛圍。我從以前就感覺清澄是個很有教養的人，看得出來他從小受著良好的家庭教育，父母在養育孩子上非常用心。如今見到伊代子，更是證實了這個感覺。

「真是不好意思，我帶的是可樂餅。」

我對伊代子說道。

「別這麼說，我最愛吃可樂餅，今晚就會吃掉它。」

＊注25：家庭餐廳「ファミレス」，指以家庭聚餐為主要客群來源的餐廳，大多採用中等價位的連鎖式經營。

「好久沒吃炸火腿排了。」清澄跟著說：「家裡偶而會做炸豬排，但是從來沒做過炸火腿排，而且還是店裡賣的炸火腿排，我好期待。」

香煎鱈魚排非常美味。我終於想起來了，沒錯，這就是鱈魚的味道。當年母親在煮水炊雞肉鍋的時候，一定會放入鱈魚，雖然調理法不同，但是基本的滋味不會改變。

我本來以為他們會問很多關於我父母的事，但他們沒有這麼做。伊代子不僅完全沒提到我的父母，甚至連「**打起精神來**」這種安慰之語也沒說，這反而讓我有些不知該擺出什麼樣的態度。

用完了餐，道完了謝，我來到了位於二樓的清澄房間。那是一間西式的房間，跟客廳一樣乾淨整齊，雖然擺了張床，但因為東西不多，看起來很寬敞。

「真讚的床。」我說。

「還行，宜得利買的。」真澄回答。

我們各自坐在床緣，清澄坐在靠近枕頭的位置，我則坐在靠近腳側的位置。

不一會，伊代子送來了咖啡。芬芳的香氣不斷自造型雅致的咖啡杯中飄出，那是真正以研磨的豆子沖泡的咖啡。但我怕滴到床上，所以站著喝了一口，好美味喔！

接著我坐了下來，與清澄閒聊。我和劍經常像這樣閒聊，但和清澄似乎是第一次，雖然我和清澄交情不差，但畢竟他不會來我的公寓房間過夜。

「清澄，你以後想考司法考試？」我問。

「不考。」清澄回答。

「不考嗎？」

「嗯，我只想擔任教職，反正我的父母也都是老師。」

這點我從以前就知道了。清澄的父親叫作之彥，是公立三葉高中的校長。伊代子在和之彥結婚前，據說也是高中教師，生下清澄後，她原本考慮過要回高中任教，但後來決定當家庭主婦。

「你會當老師？」

「應該吧！」

「高中還是國中？」

「高中，教國中太辛苦了。」

「法學系畢業，能教什麼科目？」

「地理、歷史及公民。」

「旁邊的高中就可以讓你教育實習。」

「嗯，走路只要三分鐘，夠輕鬆吧？」

「應該連三分鐘也花不了吧？」

「不，要走到校門還是得花一點時間，畢竟教育實習生總不能翻牆進學校。」

「劍的話搞不好會這麼幹。」

「啊，確實有可能。」

「學生被篠宮劍老師教到，一定是場噩夢。」

「搞不好上他的課很有趣。」

「一定是從頭到尾閒扯淡，例如教的是社會，卻扯到保健和體育。」

「啊，有可能。」

我再度起身，啜了一口咖啡。

「你還在打鼓嗎？」

既然聊到了劍，我索性問道。

「沒打了，樂團也沒玩了。」

「咦？真的嗎？」

「嗯。」

「什麼時候退出的？」

「正式退出是在上上星期，但我早就有這個打算了。而我決定要退出，也是因為你不在了。柏木，你離開了樂團，對我的影響很大。而且如果我要當老師，也不能把太多時間花在樂團上。」

「噢，原來你退出了。」

「其實我們已經有好一陣子沒到錄音間練習了，自從你走了之後，篠宮也變得有些興致缺缺，似乎連主唱也沒在找了。」

「結果我們的樂團連主唱都還沒有決定，就這麼解散了？」

「算不算解散，我也說不上來。或許篠宮還會繼續玩吧！只是我決定退出了而已。」

「不會偶而產生想要打鼓的慾望？」

「會是會，但已經沒有進錄音間的動力了。何況現在要我跟不認識的人搭檔，我也沒什麼興趣。」

「我走了之後，小我們一屆的石井不是進了樂團嗎？劍還說他的技術變得不錯呢！」

「嗯，他變厲害了。但是鼓和貝斯有時就是會合不來，石井和我就是這種情況。並不是個性合不來，而是演奏方式合不來；不，或許個性也有些合不來吧！

你也知道，石井其實和篠宮有點像。」

和篠宮有點像……我完全能夠體會清澄這句話的意思。以樂器的演奏風格來說，他們都不喜歡講究細節，只憑當下的心情隨意彈奏。

「既然退出了樂團，應該也退出NOISE了？」

「社團那邊，我並沒有明說要退出，反正也不必說。」

這麼想來也對，反正只是個輕音樂社團，沒有什麼嚴格的團規，也稱不上是個嚴謹的組織。為何個性嚴謹的清澄會加入這個社團，反倒讓我覺得不可思議。

「柏木，你的貝斯呢？」

「不彈了，貝斯也送人了。」

「是嗎？」

「嗯，送給了同事的兒子，一個國中生。他說想學貝斯，我心想不如把貝斯送給他用。」

「不會產生想要彈的慾望？」

「唔……倒也不是完全不會。」

沒錯，倒也不是完全不會。雖然已經好一陣子沒彈了，但在芦澤家拿起來彈時，依然覺得好快樂。但我看著準彌彈那把貝斯，還是覺得把貝斯送給他是正確的決定，與其自己留著彈，不如讓給準彌彈。

「聽說你想當廚師？」

「嗯。」

「我相信你一定辦得到的。」

「我自己倒是沒什麼自信。」

「一定可以的，你的貝斯彈得那麼好。」

「做菜和彈貝斯沒關係。」

「當然有關係。貝斯彈得好，代表你手指靈巧，菜刀當然也會用得好。」

「劍也說過類似的話。」

「篠宮也跟我說過，其實我只是轉述了他的話而已。不僅如此，而且音感方面的才能，在做菜上應該也能有所發揮。對聲音的感覺，以及對味道的感覺，都講究一種美感，應該有共通之處。」

「但願如此，希望未來有一天真的能當上廚師。」

不，應該說非當上廚師不可，而且必須靠自己的力量。

我在川岸家逗留了大約三小時，喝了兩杯咖啡。伊代子特地拿著咖啡壺，走過來為我倒了第二杯。

而且就在我即將告辭離去的時候，伊代子還做了另一件事。

就跟來時一樣，回程也是由清澄開著PRIUS送我到津田沼站。就在正要踏出門外時，清澄的手機忽然響了起來，清澄向我道了歉，走回客廳接電話。

「隨時歡迎你再來吃飯，不用客氣。」

伊代子走到門口對我說道。

「謝謝招待。」

「還有，如果真的手頭緊，也要老實說，借你一點錢不是問題。」

「不，那怎麼好意思。」

「沒關係，總之你記得，真的沒錢的時候可以來借。靠自己的力量打拚當然很重要，但適當地依賴能幫忙的人也很重要。」

伊代子接著遞給我一個白色信封袋，我反射性地伸手接下，但不知道裡頭裝的是什麼。

「這是補貼你的電車錢。」

「不，那怎麼好意思。」

我又說了一次相同的話，想要退還那白色信封袋，但伊代子不肯收回。

「如果我讓你負擔電車錢，不就失去請你吃飯的意義了？」

「可是……」

「別可是了。」

就在這時，清澄走了回來，他看見我手上的白色信封袋，卻什麼話也沒說。

「好吧！那我就恭敬不如從命了，真的很謝謝您。」

「回去的路上注意安全。」

「好。」

「清澄，你也要小心開車。」

「嗯。」

「那我先告辭了。」

說完，我走出門外，坐上了PRIUS。

從川岸家開車到車站，車程約十分鐘出頭，我趁這個時候向清澄道了謝。

「真的很謝謝你們。」

「別這麼說，下次再來玩吧！她一定又會叫你來的。」

「我還拿了電車錢……這樣真的好嗎？」

「有什麼不好？我們也拿了你的炸豬排和可樂餅。」

伊代子與清澄，這對川岸母子不僅有教養，甚至可以說具有高尚的品德。

車子停在津田沼站的圓環前，我迅速下車，向清澄道別，接著我目送著車子離去，直到車身完全看不見為止。

我並沒有走進車站內，而是沿著原路往回走，一邊打開了伊代子給我的白色信封袋，裡頭放著一張鈔票。我原本以為那是一千圓鈔票，但仔細一瞧，那赫然是五千圓鈔票。明明說是電車錢，卻給了五千圓，從南砂町到津田沼，五千圓大概可以來回六次吧！

如果是住在鳥取的尾藤菈子，給那麼多錢還可以理解，畢竟菈子與母親是老同事。但是伊代子的情況完全不同，她不認識我的父母，跟我也是第一次見面，卻給了我五千圓。不僅請我吃飯，還給了我五千圓。

我收起信封袋，繼續往前邁步。其實我不知道正確的方位，我所知道的唯一線索，就只有津田沼這個地名。京成本線似乎在津田沼也有車站，所以應該在靠近海的位置，除此之外，我對津田沼這個地方一無所知。

我答應到川岸家作客，主要的原因之一，正是川岸家離津田沼很近。其實我可以老實告訴清澄「**等等我想去津田沼繞一繞**」，但最後我沒有說，因為我怕如果說了，清澄會說要開車載我去。以我想要前往津田沼的理由，總覺得不應該讓別人開車載我。

我的父親雖然在青梅市出生，但據說年輕時曾經在津田沼住過一段日子。在進入日本橋的山城工作之前，他似乎一直住在津田沼，在附近的某一家餐廳工作，但我不知道詳細的地點。我猜想他當時住的應該也是公寓，但不知道是哪裡的哪一棟公寓。當時父親才二十歲左右，也就是距今三十年前，很可能餐廳和公寓都已經不存在了。

即便如此，在清澄跟我聯絡的當下，我還是決定去那裡繞一繞。

我在前年，也就是讀大學一年級的時候，已經去過青梅了。當時我也不知道父親從前住在哪一棟市營住宅裡，所以只是到那裡看看街景。

那一帶離東京都心有點遠，我本來以為應該是鄉下地方，但實際上還算熱鬧。雖然有不少綠色植物，但也有些高級公寓建築，而老街的感覺似乎是青梅市的賣點，到處豎立著老電影的大型看板。

我在青梅站的附近隨意漫步，走進咖啡廳喝了杯咖啡，就回家了。那間咖啡廳也相當傳統，不是什麼時髦的咖啡廳。我不知道當年父親住在那附近時，是否已經有那間咖啡廳，但至少我可以肯定父親應該走過車站前那條路。

到了今年，我去了位於日本橋的多吉，並且在店內廚師的介紹下前往了位於銀座的雞蘭。如今我所知道與父親有關的地名，就只剩下這個津田沼而已，所以我決定來看一看。

津田沼的街景感覺比青梅更加寬廣、開闊，別的不說，光是車站前的圓環就大得多，高級公寓的數量也多。

父親住在青梅市的時候，還是個孩子；但是住在津田沼的時候，年紀已經跟我現在差不多了。當時的父親，是已經決定當個廚師的父親，是已經開始朝著人生目標邁進的父親。

我走進一條岔路，隨意漫步，但這裡的街道不像川岸家附近一帶那樣規劃得整整齊齊，我一下子就分不清東南西北了。畢竟是陌生的土地，這也是理所當然的事。

走了大約十五分鐘，我看見一座神社，於是我走了進去。

這座神社的範圍，大概就和一般社區內常見的兒童公園差不多。或許因為周圍受高聳樹木環繞的關係，這附近給人涼颼颼的感覺，但還不到看不見陽光的程度。一縷縷的光芒從樹葉縫隙間灑落，自那些縫隙可以清楚看到另一頭的景色。雖然一個人也沒有，但不愧是神社，給人一種神聖莊嚴的感覺。

神社的深處有一棟小小的社殿，社殿的前方有一排長椅，我在長椅上坐了下來。環顧四下，內心不禁覺得如果是在晚上，這個地方或許會有點可怕。依周圍的景色來看，到了晚上應該會非常陰暗；不，或許來自路燈的光芒，會把這附近照得明亮也不一定。

就跟當初那間青梅站附近的咖啡廳一樣，我不知道父親是否曾來過這座神社。但可以肯定的一點，是父親住在這裡的時候，這座神社一定存在，畢竟是神社，總不可能幾年前才剛開幕剪綵。

父親曾經生活在這一帶，我只要知道這一點就行了。

就跟當初走進日本橋的多吉一樣，在鳥取以外的地方感受到父親的氣息，帶給我一種新鮮感。但我並沒有刻意回想關於父親的事，因為我已經太習慣想這些了，當然我也沒有刻意回想關於母親的事。根本不用提醒自己，那些事情會自然而然浮上心頭，以前是這樣，以後大概也是這樣，所以我根本不必刻意回想。

我獨自坐在陰涼的神社裡發著呆，心裡想著為什麼我會來到這個地方？我到底在這裡做什麼？一股奇妙的感覺盤繞在我的心中，我回想起了一件事——

父親就算是在自己家裡，也會拿菜刀來磨。他平常總是讓母親做菜，但唯有磨刀，他必定親自處理，而且他經常提醒母親，一定要用好一點的菜刀。

我還記得母親曾經對我說：「這把菜刀可是花了一萬多圓買的，但是真的很好用。就算變鈍了，只要讓你爸爸磨一磨，馬上又會活過來。」

沒錯，她說的不是變鋒利，而是活過來。

當時剛好是父親遭遇車禍的不久前，我還在讀高中。那時候我還不曾拿過菜刀，但我大概能夠體會讓變鈍的刀刃活過來是什麼意思。

我偶然望向天空。高聳樹木上的天空，與鳥取相連的天空。

我忽然萌生了應該開始自己煮三餐的想法。要增進廚藝，光靠看書是不行的，平常在公寓房間裡，也要多接觸菜刀及各種食材。雖然廚師資格考試沒有實作測驗，但任何自我精進的機會都應該要把握。首先到宜得利看看吧，不對，不應該去宜得利，應該去合羽橋道具街[*26]。這種時候不能省小錢，應該要多逛幾家店鋪，把需要的調理用具全部買齊才行。

從前年的青梅開始，到今年的多吉、雞蘭、津田沼，我不僅確實感受到了父親的氣息，也已經向父親報告我想要當一名廚師。

另一方面，我能感受到母親氣息的地方，就只有鳥取而已，那裡是唯一能讓我同時感受到父母親的地方。

---

*注26：合羽橋道具街，以販賣烹飪調理用具而有名的道具街，位於東京的臺東區淺草、上野一帶。

雖然我會住在東京，但以後我會經常找時間回鳥取。雖然那裡已經沒有我的家，但回鳥取的感覺就像是回家一樣。

現在該做的第一件事，是回到南砂町。於是我從長椅上站了起來。

＊＊＊＊＊

就算下雨，該出門工作的人還是得出門工作，因此通勤電車的車廂不會因為下雨而變得沒那麼擁擠。但是下雨會讓原本想要出門購物的人打消念頭，所以商店街的人潮會變少。有頂蓋的商店街或許影響比較小吧，但是像砂町銀座這種沒有頂蓋的商店街，影響可就非常大了，畢竟每次進出店家都要收傘及開傘，實在是太麻煩了。

當然影響的程度也得看雨勢的大小。如果下起大雨，行人當然就變得稀稀疏疏，畢竟這世上沒什麼人喜歡在下雨天邊走邊吃。

下雨了，客人變少了，店裡準備的可樂餅數量也得減少。這部分的數量調整，一直都是由督次親自判斷。

今天正是這樣的日子。進入梅雨季之後，今天是第一次下起大雨，路上沒什麼人，油炸商品的數量全都減少。

我不禁覺得今天剛好休假的映樹實在很幸運。不過，或許映樹本人會覺得很倒楣吧，他可能會認為選在店裡沒什麼事做的日子放假實在太可惜了。

但是我剛好相反，愈閒我會愈痛苦。在沒有客人上門的日子顧店實在很枯燥無聊，感覺時間過很慢，休息的時間變得一點也不珍貴，就算坐在圓凳上，也不覺得自己正在休息。

今天就連平常整天忙進忙出的督次，也走進了更衣室兼休息室，坐在我隔壁的圓凳上。

「今天生意真差。」

「是啊。」

「希望雨趕快停，聽說這場雨只會下一天而已。」

「我剛剛拿手機看了天氣預報，好像會下到明天早上。到了下午會轉陰天，降雨機率百分之四十。」

「四十也不太妙，到頭來還是下下停停。就算沒下，大家擔心會下，還是不會出門。」

「這麼說也對。」

「不過今天忍著沒出門的人，或許會出來吧！」

「希望如此。」

督次將雙手手肘靠在雙腿上，雙手手指在眼前交握。為了承受熱油的溫度，他不僅手掌皮膚變厚，連手指也變粗了。同樣是炸食物，每次遇到熱油濺出，我總是忍不住哀嚎或喊燙，督次卻是一副什麼也沒發生的態度。

「對了，聖輔。」

「嗯？」

「拿到廚師執照後，你有沒有什麼目標？例如：想當日式或西式的廚師，或是想在餐廳或飯店工作什麼的。」

「呃……」我想了一下，說道：「目前還沒有個方向。」

「噢，反正也不急著決定，時候到了自然會有方向。」

「嗯。」

「你爸爸是日式的廚師？」

「他開的是以雞肉料理為主的居酒屋，應該也算是日式吧！」

「你對熟食店沒興趣嗎？」

「咦？」

「熟食店。」

「類似像我們這家店嗎？」

「不是類似，就是這家店，田野倉熟食店。」

督次鬆開了原本交握的手指，右手拇指像按摩一樣按壓左手手掌。

「你也知道，我和詩子沒有孩子。」

「嗯。」

「打從一開始，我們就知道不會有小孩了。」

一美已經跟我說過了，但我總不能說我早就知道了，只好維持沉默。

「當初開店的時候，我們當然沒有考慮到這麼久以後的事，那時根本沒料到這間店會開這麼久。但我們運氣很好，這間店一直維持了下來。到了這個階段，差不多得開始好好思考後繼無人的問題了。」

「嗯。」

「當然這種微不足道的小店，也沒有什麼能讓人繼承的價值。」

「不，沒那回事。」

「但好歹是我和詩子兩人辛苦撐起來的店。我已經六十八歲了，接下來什麼時候會出狀況，沒有人知道。」

確實是這樣，沒有人能預測什麼時候會出狀況。就算是四十多歲，也有可能出狀況；不，就算是二十多歲也一樣。貓要跳出來，可不會管開車的人是誰。

「督次哥還這麼年輕。」

我雖然心裡認同，但還是忍不住說道。

「不年輕了。聖輔，你應該比我更能體會人有旦夕禍福的道理。自從聽了你父母的遭遇之後，我也想了很多，我能活到這個年紀，完全只是運氣好而已。」

「其實大部分的人運氣都不錯。」

「真是抱歉，讓你想起了不好的回憶。」

「不會。」

「雖然只是微不足道的小店，畢竟我們對它還是有一份感情，如果可以的話，希望它能長久經營下去。我和詩子退休之後，還是希望能看見這家店繼續賣著可樂餅，偶而我們還可以來光顧一下。因此當我們退休的時候，希望能把店讓給別人經營，不要把店收掉。當然要接手這間店的人，必須是熟悉這間店的人才行。要把店名改掉，我也無所謂，經營的人不姓田野倉，當然也就沒有必要叫作田野倉熟食店。」督次看著我的側臉，接著說道：「聖輔，如果是你的話，我相信一定會好好經營這家店。」

如果是你的話。這句話的言下之意，大概是我在這世上舉目無親，所以比映樹更加適合繼承這間店。

「但我還……」

「我知道你在這裡工作還不到一年，對你說這種話也只會造成你的困擾。我只是想要趁早開始準備而已，你不必想得太嚴重，你只要知道我有這種打算就行了。」

我不知道該說些什麼，也不知道該表現出什麼樣的反應。

「聖輔，你是什麼時候來的？去年九月？」

「去年十月。」

「這麼算起來，呃……八個月？」

「對。」

「或許你會覺得很短，但也夠長了。一起工作超過半年，便能夠看出一個人的態度。聖輔，我相信未來能夠安心地把店交到你手上。當初絞肉排算你便宜，真的是做對了。在這八個月的日子裡，你從來不曾請假或遲到。」

「但我有一次因為感冒而提早離開。」

「那是我叫你走的，如果我沒叫你走，你大概會繼續苦撐吧！或許吧，而且最後可能昏倒在店裡，反而造成大家的麻煩。

「這關係到我這家店的未來，所以我也不是隨口說說而已，這點希望你能瞭解。」

「是。」

我非常能夠瞭解，這麼重要的事情，沒有人會隨口說說。

我有點不知所措，不是有點，是非常不知所措。但另一方面，我也感到很開心，繼不繼承這間店是另一回事，至少督次跟我說了這樣的話。

因為我在世上無依無靠，未來不知何去何從，所以我一定會好好經營，盡最大努力經營。我想督次應該是抱著這樣的想法吧。

照理來說，映樹才是最合適的人選。畢竟在督次的眼裡，映樹是好友的兒子，而且他的工作資歷比我長，技術也比我好。撇開經營能力不談，至少廚房裡的工作，映樹已能做到督次的七、八成。

一美在能力方面或許也大同小異，不過立場有些許不同。當然這並不是男女性別的問題，而是一美本身似乎並沒有經營一家店的打算。

那映樹呢？他有經營一家店的打算嗎？他有成為老闆的打算嗎？我想或多或少應該有吧。我記得他曾經說過，如果這家店讓他經營，他會在商品裡追加飯糰這一樣。而且他的論點相當具體，他認為以我們這家店的經營狀況，添購炊飯的設備一定能增加獲利。

剛剛督次對我說的話，我相信他不曾對映樹說過。督次不會故意引誘我們兩人互相競爭，他不是會做這種事的人，正因為已經一起工作了八個月，我對這一點非常有自信。督次是故意挑了今天這個日子對我說出這些話，不是因為今天是無事可做的下雨天，而是因為映樹今天休假。

「跟你說這些，你都沒辦法好好休息了。」

督次一面說，一面從圓凳上站起。

我正想要跟著起身，卻遭督次制止。

「不用急，你再休息一下。」

「但休息時間差不多也快結束了。」

「店裡忙的時候，沒辦法讓你充分休息，好歹這種時候該彌補你一下。你放心，今天多休息的分，我不會跟你收錢。其實之前沒能讓你好好休息的分，我反而應該補錢給你才對。」

督次說完之後，走出了更衣室兼休息室，我聽見他走下樓梯的聲音。

我將原本已抬起的身子重新坐回圓凳上，圓凳的凳腳發出吱吱聲響。不知道為什麼，我的身體隱隱顫抖。

世上到處都有親切的人。鳥取有，銀座有，新習志野有，南砂町也有。

這天同時也是開心的發薪日。

每個月一次的奢侈日，說得更明白點，是拉麵日。

我基本上已不吃外食了，自從開始自己煮三餐之後，我連公寓附近的Sukiya牛肉飯也不去吃了。

不過，雖然是自己煮三餐，其實也沒辦法煮什麼大不了的料理。畢竟我住的是套房，瓦斯爐只有一個，調理空間也非常狹小。雖然我在合羽橋道具街咬牙忍痛買下了一把要價一萬圓的多用途菜刀，但能做的事也只是拿來切切蔬菜跟肉，放在小平底鍋炒一炒而已。

話雖如此，調味料的分量及炒的時間不一樣，吃起來的味道及口感也會截然不同。體會了這一點之後，我對做菜的興趣也跟著大增。今天嘗試這樣做，明天嘗試那樣做，每天都在進步，真的好快樂。

但我畢竟是個二十歲的年輕男性，偶而還是會有非常想要吃拉麵的時候。而且這股想吃拉麵的慾望沒辦法以吃泡麵來滿足，拉麵店裡的拉麵和泡麵完全是不一樣的食物。就讀法政大學經營學系三年級的篠宮劍也認同我這個主張，他還提出了「**有時在店裡吃了拉麵，回到家不是還會吃一碗泡麵？**」的論點。

但今天是下雨天，要不要去吃拉麵，實在讓我很猶豫。幸好下班的時候雨勢變弱了，反正我都得走回公寓，多走一點路去吃碗拉麵也沒什麼大不了的。最大的重點，是我打從今天早上一顆心就已全繫在拉麵上。

要吃哪一家的拉麵，我一開始就決定好了——清洲橋通最近新開的「鏑木家」拉麵店，濃厚豚骨醬油拉麵。雖然才開張不久，但在美食網站上的評價相當高。打從上個月起，我就下定決心今天要去那一家吃了。「鏑木」這兩個字讀作「KABURAGI（かぶらぎ）」，跟我的「柏木」發音「KASHIWAGI：かしわぎ」很像，讓我備感親切，因此我對這家店的期望很高。

醬油、味噌、鹽味、豚骨……我從以前就很愛吃拉麵，不管什麼口味都喜歡，如果要我選一種口味，我總是會很猶豫。但是自從來到東京，嚐到了豚骨醬油口味的拉麵之後，我就深深愛上了，從此難以自拔，再也不曾選擇其他口味。還有一點很重要，那就是豚骨醬油口味的拉麵，通常會搭配我最喜歡的粗麵條。

或許是因為下雨的關係，門口沒有人在排隊，我輕輕鬆鬆就走進了店內。在購票機買餐券的時候，我選擇了最基本款的拉麵。雖然八百圓實在不便宜，但是蔬菜可以要求加量，這樣的價格其實挺划算。一個月就奢侈這一次，應該不算過分吧。

我坐的位置是吧檯座位，大約等了十分鐘，拉麵送上來了。蔬菜的量讓我非常滿意，雖然大多是豆芽菜，但是堆得相當高，比拉麵碗的邊緣還高。

我低聲說了一句：「**那我就不客氣了。**」接著迅速吃掉一些豆芽菜，從空隙間撈起麵條來吃，舀起湯來喝。點餐的時候，我指定的是普通硬度的麵及普通油度的湯，但實際送上來的麵比想像中硬一些，湯也比想像中油一些，即使如此，還是很美味。下個月或許不會來，但下下個月搞不好又會來光顧。

達成了心願之後，整個心情瞬間平靜了下來，我回想起了傍晚休息時，督次對我說的那些話。

我很開心，這股開心的感覺一直持續到現在。不過正確來說，不是開心而是感恩，我真的很感謝他。可惜我現在還什麼都不會，無法報答他的知遇之恩，這讓我不禁有些懊惱。

我慢慢吃著拉麵，一邊陷入了沉思。

姑且不論一美及映樹怎麼想，我自己是否有著想要經營一家店的慾望？像田野倉熟食店那樣的店，像雞取那樣的店，或是像雞蘭那樣的店。

老實說，我確實有點心動，但目前這股心情還不到可以稱為慾望的程度，我甚至覺得我不應該擁有一家店。為什麼我會這麼想？因為我看見了父親的例子。

我回想起了我還在讀國中時的一件往事。

那時父親已收掉了雞取，到其他餐廳當廚師。有天晚上，父親在家裡對母親這麼嘀咕：「我沒有經營的才能，實在應該從一開始就當個普通的廚師。」當時父親是背對著我說出這句話。我還記得那時候父母親坐在客廳，我則是坐在和室房間裡，紙拉門沒有拉上，我靠著客廳透進來的燈光剪著腳趾甲。

我並沒有聽見他們的所有對話，所以我並不清楚他們為什麼會聊到這個話題，我就只聽到了這句話。「**普通的廚師**」這個字眼鑽入了我的耳中，不，應該說是我的耳朵捕捉到了這個字眼。

話雖如此，但我那時候只是理解了這句話的意思，並沒有什麼特別的感受。現在就不同了，即使我曾經是大學經營學系的學生，但我知道自己大概也不擅於經營。

我多半不具備寬廣的視野，也沒有足夠的決斷力。決定當一名廚師，是因為有很多因素將我導引到這個方向。

拿菜刀切肉，拿油炸機炸可樂餅，都讓我感到很快樂。我喜歡聽可樂餅在熱油中發出滋滋聲響，我喜歡看美味食物逐漸成形的過程，那是一個會不斷發生變化的過程。我能夠看見食材逐漸變成食物，我能夠掌控這件事的主導權。菜刀不小心劃到手指，手指會流血；熱油不小心濺出來，會燙傷。我要得到什麼樣的結果，完全由我自己決定。

我相信經營也是一樣的道理。重要的判斷如果出錯，就會蒙受重大損失，但我感覺自己無法承受這個痛苦。用個比較古怪的形容方式，我沒辦法樂在其中，就像流血或燙傷一樣。

「喂，你在搞什麼？順序不對！」

吧檯裡，年輕老闆正當著我的面責罵年輕店員。老闆看起來三十歲左右，店員則差不多是映樹的年紀。

「你要我說幾次？別老是犯一樣的錯誤。」

「對不起。」

我不清楚店員到底搞錯了什麼事情的順序，但我相信老闆與店員之間一定有個共同遵守的規則，而且我也相信這名店員一定是犯了好幾次相同的錯誤。

我在店裡也常犯錯，只要一忙起來，就容易犯錯。一旦犯錯，就會遭督次責罵；遭到責罵後，我就會道歉。督次有時也會當著客人的面罵我，畢竟店面的格局是開放空間，想不被看見也很難。

但是督次責罵我的時候，並不是像這樣的感覺。責罵的當下並不會產生像這樣讓人捏把冷汗的緊張感，我相信看見的客人也不會有這種感覺。督次在責罵的時候，應該也清楚掌握著這一點。

「你到底有沒有心要做這份工作？」

「對不起。」

「我不是叫你道歉，我是問你有沒有心要做。」

「有。」

「有還是沒有，給我說清楚。」

「有，我有。」

當著客人的面，這樣的罵法似乎有些過於嚴厲。就在這一瞬間，我感覺拉麵沒那麼好吃了，或者應該說，我沒辦法享受拉麵的美味了。就算拉麵再怎麼好吃，也不想再光顧像這樣的店。

我不知道其他人怎麼想，或許有些人認為只要東西好吃就行了。但是我沒辦法接受，我認為建立一個讓客人能夠輕鬆享受美食的環境非常重要。站在製作及提供料理的立場上，我覺得這是一定要理解的基本知識，自己在不在意並不是重點，重點是必須認清有人會在意這個事實。

我想起了板垣三郎的事情，當年父親在日本橋的山城工作時，身為老前輩的那個板垣。雞蘭的山城時子形容他有著「**傳統老師傅的牛脾氣**」，父親針對與客人應對的方式向他提出意見，最後卻被迫辭去工作。

到底什麼時候該嚴厲？對自己的嚴厲，與對他人的嚴厲，是應該一視同仁，還是不應該混為一談？我只是個初出茅廬的小夥子，我不知道這個問題的答案。

但我很慶幸我的父親是那樣的父親，我很慶幸父親是以那樣的方式來定義嚴厲。或許父親及我的想法都太天真了吧，但是沒關係，我願意一直天真下去。

雖然因為一件意想不到的事情而損及了拉麵的美味，但我還是吃得乾乾淨淨，連湯也全部喝完。我從小就習慣把食物吃乾淨，父母都是這樣教導我的。父親靠的是身教，母親則混合了身教及言教。

「謝謝，我吃完了。」

我說完這句話後，起身走出鏑木家。

「謝謝惠顧！」

老闆與店員同時大喊。

聲音中氣十足，而且清楚傳達了感謝之意，並非只是制式化的應對詞句。我自己也是每天都在當店員，所以一聽就知道。

聽到這個聲音的瞬間，我又產生了下次還想再來的念頭。

或許我實在太單純了吧，果然不適合當個經營者。

＊＊＊＊＊

荒川遊樂園確實很便宜，入園門票只要兩百圓。但今天的銀座卻更加便宜，零圓。

星期二，青葉以LINE傳了訊息給我。

『柏木，明天你是不是放假？』

『對，明天是公休日。』

『我的課也只到下午兩點半。明天好像是晴天，要不要出去走走？』

『好啊，可是要去哪裡？』

最後我們決定去銀座，因為新宿和澀谷都有點遠，而且青葉說她從來不曾好好在銀座逛過。我沒有反對，反正只是去銀座散步而已，就算是在銀座，走路也不必花錢。

我們相約在日比谷線銀座站月臺中央樓梯上去後的剪票口碰面。這是我在查看了站內地圖後決定的地點，因為那座剪票口並不大，應該不會發生找不到人的狀況。

青葉與我似乎剛好搭上了日比谷線的同一班電車，下午三點五十五分，我們幾乎同時抵達剪票口。

「抱歉，突然把你找出來。」青葉說。

「沒關係，我剛好很閒。」我說。

「怎麼可能很閒？你不是在準備廚師資格考試？」

「嗯，是沒錯。先別說這個，今天我們要去哪裡？」

「隨意走走，你說好不好？」

「好。」

於是我們一邊閒聊，一邊隨意走走。

銀座的街道規劃得很整齊，相當適合散步，不僅道路筆直，而且小巷大多是單行道，大馬路則設有人行步道，可說是對行人相當體貼。

「但如果是開車來，恐怕會有點麻煩。」青葉說。

「沒錯，很可能會迷路。」

「柏木，你沒有打算考駕照？」

「短時間之內應該不可能，就算有時間，沒錢也考不了。」

「我已經有駕照了，但我不打算在東京開車，感覺好可怕。」

「我記得妳是在一年級的時候考了駕照？」

「嗯，我媽媽說升上高年級之後會有實習什麼的，恐怕會很忙，所以叫我早一點去考，而且還幫我出了錢。不，實際上那錢不是媽媽出的，是爸爸出的。」

爸爸，嚴格說來是繼父，但青葉說得非常自然，簡直像是一般的父親。

「一考上大學，我馬上就開始去駕訓班。大一的時候，在南大澤校區上課，因為只在那裡上課一年，說什麼也要在那一年裡考到駕照，簡直可以說是拚了老命。最後大概花了半年的時間，幾乎整個暑假都花在考駕照上。」

「妳平常會開車嗎？」

「完全不開，應該說根本沒機會開。」

「妳沒想過要利用汽車共享*27之類的服務？」

「沒那種打算，在東京開車還是太可怕了。」

我們真的就只是走路而已，在銀座一丁目到四丁目之間來回不停地走。走到四丁目後，換一條路走回一丁目，接著再換一條路走回四丁目，我們還經過了地

---

*注27：汽車共享，即英文的carsharing，指以低廉的價格提供多人共用同一輛汽車的汽車租賃模式。

下層有「雞蘭」的大樓前方。

我原本想要將雞蘭的事告訴青葉，但最後還是沒有說出口。那家店是我父親從前工作過的店的老闆所開的店……光是說明這點就要費上一番功夫。

「你未來有考駕照的打算嗎？」

就在我看著那棟大樓通往地下層的階梯時，青葉忽然說道。

「咦？」

「因為你爸爸遇上了那種事，我在想你是不是完全不想開車。」

「噢……」

大家似乎都會這麼猜測吧！不，或許正因為是青葉，所以才會這麼猜測也不一定。

「我並沒有絕對不考駕照的堅持，只是感覺如果是在東京當廚師，好像不需要汽車。不過這也很難說，如果上班的餐廳連食材的進貨都必須自己來，沒車子好像不行。」

「所以你不會不想考？」

「唔……一半一半。不，四比六吧！」

「哪一邊是四？」

「不想考是四。以前剛好相反，不想考是六；不，可能有七或八。」

「這麼說來，現在不想考的心情只有從前的一半？」

「如果工作上有需要，我就會考。但是在那之前，我得先當上廚師才行。」

「一定當得上的，柏木不可能當不上。」

「為什麼？」

「你想當廚師，是因為你認為自己能勝任，不是嗎？既然如此，當然一定當得上囉！」

「我認為自己能勝任嗎？」

「連你自己都不認為，那怎麼行。」

青葉笑著說道。我跟著笑了起來。

我也想這麼認為。不，我非這麼認為不可，我一定能勝任廚師這個工作。

「我下星期也要參加現場實習了。」

「實習……就是妳母親說會讓妳變很忙的那個？」

「嗯，我們會被分派到醫院裡，與病患實際接觸。」

「聽起來很辛苦。」

「當上護理師之後，那就是我每天的工作。因為會很忙，所以我想趁現在和你見一面，幫自己打打氣。」

「和我見面能幫妳打氣？」

「能啊！我們明明年紀相同，你卻已經出社會了。一看見你，我整個幹勁都來了。」

「我只不過是打工身分而已。」

「那是兩碼子事。」

「而且我不是自願出社會，是被踢到了社會上。」

「這也是兩碼子事。啊，我們進這裡瞧一瞧吧！」

青葉說著，突然鑽進一條狹窄的小路裡。路雖然狹小，但畢竟這裡是銀座，看起來整齊乾淨，並不給人暗巷的感覺。

「這種地方竟然有一座神社。」青葉說。

真的是一座神社，小小的鳥居及小小的社殿，夾在大樓與大樓的狹縫之間。津田沼雖然也很狹小，但這兩座神社比起來簡直是天差地遠。這座神社小得非常誇張，鳥居及社殿彷彿都是袖珍版，鑲嵌在夾縫之間，但由於顏色並不是鮮紅色，而是接近膚色的木材原色，所以看起來不太像神社。建築似乎很新，但還是一座貨真價實的神社。鳥居上頭寫著「幸稻荷神社」，還有一個金屬製的賽錢箱，與社殿建築結合為一體。

「我們參拜一下吧！」

青葉在說這句話的時候，身體已經轉向社殿的方向了。我也與她並肩而立。

「規矩是『二禮、二拍手、一禮』？」青葉問。

「好像是。」我回答。

青葉投了香火錢，深深鞠躬兩次，接著拍手兩次，最後再鞠躬一次。我也有樣學樣，錢包裡剛好有個五圓硬幣，我把它放進賽錢箱裡，接著同樣二禮、二拍手、一禮。

「我是第一次放一百圓當香油錢，過去都是五圓或十圓，今天算是大手筆。我祈求神明幫忙我多加油一點，至少要讓這一百圓回本。」

等我拜完之後，青葉如此說道。

「妳祈求神明加油？」

「嗯，我還祈求讓我實習能夠順利，還有讓你考到廚師執照。」

「謝謝，但是妳許的願望會不會太多了點？」

「平常沒什麼機會來銀座，所以有點貪心了。」

「把願望說出來沒關係嗎？」

「說出來就不會實現嗎？」

「其實我也搞不清楚。」

「柏木，你呢？你許了什麼願？」

「希望遇上好事，不，應該說是別再遇上壞事。不過我只放了五圓，會不會不夠？」

「別擔心，銀座的神明一定都很慷慨大方。」

接著我們離開了神社，走進並木通。

「我想邊走邊用手機查一點東西，你幫我注意一下，別給其他路人添麻煩了。」

「好。」

「……那座幸稻荷神社的『幸稻荷』讀作『SAIWAIINARI』，保佑的是商業繁榮、家庭安全及廣結良緣。我們許的願不曉得適不適當？」

青葉拿起智慧型手機搜尋了一會，說道。

「應該很適當吧！實習和廚師資格考試都跟商業繁榮有關。」

「嗯，你許的『**別再遇上壞事**』應該也算是家庭安全吧！好，我查完了，不會再邊走邊看手機了。」

接著我們來到了晴海通上，本來考慮要繼續走向五丁目，但猶豫了一下，最後還是決定轉向數寄屋橋通的方向。

為了穿越並木通的馬路，我們停下來等行人號誌燈變成綠燈。而馬路的另一頭也有一個人在等著，那是個看起來三十多歲的男人，身穿短袖襯衫，打了條領帶，身材微胖，正拿著手帕擦拭額頭汗水。

「燈號……」

站在我身邊的青葉呢喃說道。

「嗯？」

「如果不趕時間，為什麼不等？」

我旋即察覺她說的是高瀨涼的事。就算對面也有人在等紅燈，高瀨涼還是會滿不在乎地穿越馬路。青葉想說的是這一件事。

「啊，嗯。」

「我想要當一個像這樣從容自在的人，不過在高瀨的觀念裡，這可能不叫從容自在吧。」

燈號變成了綠燈，我們同時邁步，與男人擦肩而過。男人的嘴動個不停，雖然聽不見聲音，但從嘴型看得出來他正在嘀咕著：「好熱、好熱。」

梅雨季中間的短暫晴天，確實很熱，夏天已近在眼前。

來到了數寄屋橋十字路口，我們向右轉，沿著數寄屋橋通往東京車站的方向前進。

我看著走在旁邊的青葉，不禁微微一笑。

「怎麼了？」青葉問。

「沒什麼，只是覺得有點好笑，我們真的就只是來這裡走路。」

「當初說好是要來走路，當然就是來走路，很奇怪嗎？」

「一點也不奇怪，但一般女孩子一定會想到店裡逛逛。」

「進到店裡，一定又會想買東西了。」

「所以只好單純來這裡走路？」

「倒也不是那個意思，我本來就喜歡走路；或者應該說，我喜歡在東京走路。欣賞街景的變化，不是很快樂嗎？如果是在鳥取，絕對不會有這麼大的變化。」

「這麼說也對。」

不單是鳥取，任何偏鄉都市都一樣，繁榮的地段只有車站周圍，而且範圍往往非常小。

「對了。」青葉說。

「嗯？」

「要不要再來喝酒？」

「嗯，喝吧！」

「今天我請客。」

「咦？為什麼？」

「我三月生日的時候，你請我喝酒，今天我想回請你。你的生日不是快到了嗎？」

「是快到了沒錯，但這裡是銀座，恐怕不便宜。」

「你放心，我已經查過了，銀座也有很便宜的店，同樣又是烤雞串店，一串一百圓左右。」

「妳查過了？」

「我查過了。我是『確信犯』。」

「確信犯……」

「啊，對了，你知道嗎？『確信犯』的真正意思，其實是犯罪者確信自己做的事情不是壞事。」

「咦？真的嗎？」

「真的，確信犯的意思跟『明知故犯』完全不一樣。不過我剛剛說的確信犯，是接近明知故犯的意思。」

「這個用法是錯的？」

「倒也不能算錯，而是現在絕大部分的人都是這麼用，已經積非成是了。」

「噢……」

「是不是長見識了？」

「長見識了。」

「可惜廚師資格考試大概不會出這題。好了，今天的課就上到這裡，接下來是喝酒的時間。啊，是不是還有點早？」

還不到下午五點，確實有點早。

為了消磨時間，我們決定再走一陣子。前方出現東京高速公路，我們往右轉，沿著高架橋前進一會，又往右轉，接著我們回到了剛開始走過的中央通上，只是這次我們的前進方向是相反的。

「妳說那家店是烤雞串店？」我問青葉。

「嗯。」

「上次那家店也是烤雞肉串店，妳很喜歡吃烤雞肉串？」

「很喜歡，在所有的肉類裡，雞肉的熱量較低。將來如果有機會，我想吃吃看高級的烤雞肉串，像是一缸醬用了幾十年的那種老字號店家。」

「妳說的是新醬混舊醬的傳統做法嗎？我朋友覺得那個很髒呢！」

那個朋友就是劍。

「我第一次聽到時也是這種反應，新醬混舊醬不會造成衛生上的問題嗎？但如果會有問題，打從一開始就不會有店家這麼做了吧！我和現在的爸爸第一次見面的時候，他帶我去吃高級的烤鰻魚，那家店的醬汁據說就是同一缸醬延續了三十年，但是好吃極了。以後如果有機會，我也想吃吃看那樣的烤雞肉串。」

我不禁感到有些欣慰。原來青葉與雞肉的距離這麼近，就好像我與雞取、雞蘭的緣分一樣。

我想像起自己與青葉以客人的身分走進雞蘭的景象，我們一定能輕鬆自在地吃著雞肉料理吧。不管吃什麼，我們都會覺得相當美味，而且山城時子也絕對不會當著我們的面責罵店員。

我們來到了銀座四丁目，通過山野樂器行的前方。

「啊，這裡有一家CD唱片行。」青葉說道：「我能進去逛一逛嗎？」

「嗯。」

我們走進了店內，像這麼大規模的CD唱片行最近已經愈來愈少見了。

「這裡也賣樂器呢！」

逛完了一樓的日本音樂區，青葉說道。

「這裡原本是樂器行，所以店名才會叫『山野樂器行』。」

「四樓有吉他，我們去看看吧。」

我們搭手扶梯上了四樓。這裡確實是吉他區，除了吉他之外當然還有貝斯。

不過即使是大學玩樂團時，我也不曾來過這家店，因為大學附近的御茶水就有樂器街。

「原來銀座也有這種店。」青葉說。
「如果每個區都有像這樣的店就好了。」我說。
「雖然我分辨不出來，但這裡應該也有貝斯吧？」
「有啊，那邊那些柄比較長的就是貝斯。」
「真的吔！柄比較長。為什麼要這麼長？」
「為了讓聲音更低吧！」
「愈長聲音愈低？」
「應該吧！貝斯不僅頸部長，而且弦也比較粗。」
「柏木，你從前彈貝斯很厲害呢！」
「其實也稱不上厲害。」
「高中時大家都這麼說，貝斯就屬柏木最厲害。」
「當時整個學年只有三個貝斯手，而且其中一個是從三年級才開始學貝斯，只為了參加文化祭的表演。」

「不管怎麼樣，最厲害就是最厲害。這種店應該能試彈吧？彈一首來聽聽。」

「不要啦……不用彈了。」

「我想聽。」

「我太久沒彈了。」

「這種東西不可能忘得那麼快。就像腳踏車，一陣子沒騎還是知道怎麼騎。」

「腳踏車是這樣沒錯……」

「拜託。」

此時不巧有個男店員走了過來。

「抱歉，請問能試彈嗎？」

青葉朝他問道。

「可以，要彈哪一把？」

「要彈哪一把？」青葉問。

「真的要彈？」

「真的，我想聽。」

我心想既然非彈不可，不如選我最熟悉的，於是我選擇了Ibanez牌的貝斯。這把與我當初送給準彌那把的型號不同，但是琴身的曲線及握住琴頸時的手感都保留了品牌的特色。

我在圓凳上坐了下來，店員取來TRS端子，接上擴音音箱。我自己打開開關，緩緩調高音量。

先轉動旋鈕，調整音高，先從四弦的E音開始。雖然只能仰賴自己的音感，但應該沒有偏掉。四弦確定了之後，接下來就輕鬆了；三弦是A音，二弦是D音，一弦是G音。

由於店員就在附近，我不禁有點緊張，有種自己的實力正在遭他人品評的感覺，一顆心不禁七上八下。這種感覺令我不禁感到相當懷念。

接著我彈了起來，依照浮上心頭的順序，彈奏了每一段自己構思出的樂句。真的好久不曾彈奏接上擴音音箱的貝斯了，但我聽到了一點雜音，那是因為我的消音技巧生疏了。

所謂的消音，指的是將不彈的弦輕輕按住的技巧。接下來繼續彈奏時，我便特別注意消音的動作，一旦聽見雜音，身體就會自然而然注意消音，這已經成了一種習慣。我心裡想著，過陣子有機會的話，應該把消音的動作也教給準彌。

青葉站在我身旁，目不轉睛地看著我。

「只聽貝斯獨奏，完全聽不出是什麼曲子，對吧？」

我朝她說道。

「聽不出來，但很好聽，因為你彈得很棒，我可以一直聽下去。」

「那是因為人類的耳朵會自然而然被音樂聲吸引。」

於是我彈起了就連準彌也知道的Evergreen BAMBOOS的《Evergreen BAMBOO》。

「啊，這首我知道，是BAMBOOS的曲子，你們在文化祭表演過。」

「妳竟然記得。」

「當然記得，你那時讓我刮目相看呢！」

「妳還替我加油。」

「有嗎？」

「嗯，妳和其他女生一起喊我的全名「柏木聖輔——！」這樣。害我在舞臺上笑了出來，但我心裡很高興。」

「我們班上只有你參加那個表演，當然加油也不能太馬虎。」

演奏完了《Evergreen BAMBOO》，又回到我自創的樂句。我意猶未盡地不斷彈著，把我所有想得到的旋律全都彈了一遍。當初在自己的公寓裡最後一次彈貝斯時，並沒有接上擴音音箱，因此這次才真正算是紀念性的最後一次彈奏。

結果我竟然當著青葉的面，彈奏了二十分鐘。

「彈完了。」我一邊說，一邊轉低貝斯及擴音音箱的音量。「讓妳久等了。

謝謝妳，我彈得很開心。」

「柏木，我有一個想法。」

「嗯？」

「或許你根本沒有必要放棄，不是嗎？」

我愣愣地坐在圓凳上，抬頭仰望青葉，青葉也正俯視著我。

奇妙的是我沒有被她從上方俯視的感覺，完全沒有。

我的心中浮現了一個念頭：**啊啊，我喜歡這個女孩子。**

夏天

炎炎盛夏，每天的氣溫都超過三十度，有些日子甚至超過三十五度。即使如此，我還是覺得剛炸好的可樂餅很美味。氣候溫度高與食物溫度高完全是兩碼子事，就像體內和體外是兩碼子事，炎熱和燙口是兩碼子事。

我在田野倉熟食店已工作了十個月，原本以為應該早要吃膩了，沒想到可樂餅竟然還是吃不膩。花十個月都吃不膩的東西，未來大概也不會吃膩吧。就像督次說的，可樂餅本來就是一種好吃的東西，不管是督次炸還是我來炸，可樂餅就是好吃。

不過，以上只是我個人的意見。雖然我相信可樂餅非常好吃是多數人的共通想法，但是大熱天還想吃可樂餅的人似乎就沒那麼多了。

事實上，進入盛夏之後，邊走邊吃的人也減少了。不過，這或許不是因為「熱」跟「燙」的組合讓人無法接受，而是單純因為「熱」讓人無法接受。天氣一熱，就算只是在路上走個二、三十分鐘也是一件痛苦的事。這一點我非常能夠體會，因為站在店門口賣東西也不輕鬆。

尤其是下午一點至三點左右，路上的行人明顯減少。單純只是想來商店街逛逛的人幾乎完全消失了，走在路上的行人每個看起來都像是有著明確的目的。

這天下午兩點多，就有個抱持明確目的的人物，來到了田野倉熟食店，而且還是我相當熟悉的人，不過並非店裡的熟客。那個人是基志。

「喔喔，你果然在這裡。」

我不用看他的臉，光聽聲音就知道他來了。不，嚴格來說不是聲音，而是說話的口氣。

「我本來還打算如果在這裡找不到你，就到你的公寓去。」

我心想，就算他要去我的公寓，也絕對不會事先跟我聯絡吧，因為他怕被我拒絕。

「午安。」

我並不打算對他說：歡迎光臨。

「今天真熱。」

「嗯。」

「油炸食物賣得出去嗎？」

「還行。」

「就算天氣熱，肚子還是會餓，對吧？」

「嗯。」

「怎麼不試試看賣冰的可樂餅？」

「你要買嗎？」

「不買。」

「所以我們不賣。」

「我今天實在不想吃可樂餅，你們沒賣冰的食物嗎？」

「有馬鈴薯沙拉，但也不是冰的。」

「那算了，站在這裡吃那種東西也沒意思。」

「再前面一點，有賣霜淇淋的店。」

「不必了，我來這裡不是為了吃東西。」

不然你來做什麼？不用說，我也猜得到，而且我果然猜中了。

「你不能再拿十萬出來嗎？」

「不行。」

我想也不想地回答。

「當然行，一定行。」基志的回答也相當快。「你可是拿了一百萬。」

「我上次就說過了，那是最後一次。」

「那是你自己擅自決定的，我可沒同意。」

「我擅自決定？」

「剛開始的時候，我說的可是三十萬，就算我再拿你十萬，總共也才二十萬，還便宜了你十萬。」

「三十萬也是你自己擅自決定的。」

「我上次跟你說過了吧？原本我想的可是五十萬，跟你要三十萬已經算很客氣了，這點你可別忘記。」

「太荒謬了。」

「荒謬？我可是你的親戚，而且還幫你處理了喪事，你竟然說我荒謬？」

「我上次已經給過你謝禮了。」

「那謝禮太少了。」

「我不這麼認為。」

「我這麼認為。」

此時，我才將視線從基志的胸口往上移，看著他的臉。而基志打從一開始就目不轉睛地看著我的臉，他在觀察我的反應。

「你不買東西，就別來這裡。」

「這是對親戚該說的話嗎？」

「親戚？」我重複了一次這個字眼。「你真的當我是親戚嗎？」

「我就是當你是親戚，才幫你那麼多忙。」

「不是為了那五十萬？」

我說的不是「**為了拿回借出去的錢**」，而是「**為了那五十萬**」。我不確定他是不是聽懂了我的意思，但就算他聽懂了，也絕對不會對我說實話。

「老實說，我最近真的有點走投無路了，本來想在東京找工作，卻一直找不到。」

「認真找一定找得到，聽說最近的餐飲業都是人手不足的狀態。」

「我可不是什麼樣的工作都做，你把我當成什麼人了？」

我非常明確地想通了一件事，那就是對這個人不管說什麼都沒有用。

「你沒想過要回鳥取嗎？」

「我已經辭掉之前的工作了。」

「一定找得到其他工作吧！何況在鳥取租房子比東京便宜多了。」

「你看看你那副高高在上的嘴臉。當初辦喪事的時候，你可是苦苦哀求我，現在完全不同了。」

我從來沒有苦苦哀求過他。我會跟他聯絡，只是因為他是親戚，我必須將母親的死訊告訴他。是他自己主動說要幫我做那些事，不過幫了我不少忙的確也是事實。

此時，來了一位客人，是位看起來將近八十歲的老奶奶，雖然不知道名字，但是經常來光顧。

「炸里脊豬排兩塊，還有豆渣可樂餅及馬鈴薯沙拉。」

「謝謝惠顧。」我先道謝後問道：「請問豆渣可樂餅是一塊嗎？」

「啊，兩塊。」

「馬鈴薯沙拉是一份？」

「嗯，幫我分開。」

我開始將炸豬排及可樂餅放進塑膠盒裡，分成兩盒，每種一邊各放一塊。老奶奶上次曾這麼吩咐我，所以我記住了。我猜她應該是想把塑膠盒當成盤子，打開來直接就可以食用，家裡應該還有另一個人，和她一起用餐，所以這次我也依照上次的方式將商品分開了。

收了錢，找了零，將白色塑膠袋遞給她，裡頭包含馬鈴薯沙拉在內，總共有三個盒子。

「天氣熱，請盡早食用。」

「我知道。」

「謝謝惠顧。」

「謝謝。」

老奶奶轉身離去。天氣這麼熱還特地來光顧，實在是感激不盡。等到過了四點，天氣會涼一些，但是人潮也會變多，我想老奶奶應該是將擁擠與炎熱放在天秤上衡量，最後選擇了炎熱吧。

基志悶不吭聲地站在一旁，直到我招呼完客人。

「原來老太婆也會吃炸豬排。」

「請你別說這種話。」

「因為她是客人，所以你幫她說話？」

「那當然。」

「那你怎麼不也幫親戚說說話？隨便怎麼樣都行，總之我要十萬。你把提款卡給我，我自己去郵局領。」

爭論又回到了原點。

「不行。」

「你放心，我只領十萬，提款卡也會還你。」

「不是那個問題。」

「不然是什麼問題？」基志頓了一下，接著說道：「我剛剛一句話也沒說，下次可就不會這麼安分了。那個老太婆要是再來，我可能會在旁邊說：『年紀一大把還吃炸豬排會搞壞肚子。』」

我吃了一驚，他的行為已經完全跨越了最後一道界線，雖然他上次早已跨越過一次，但這次可說是更加得寸進尺了。用這種妨礙做生意的方式恐嚇我，已經算是十足十的勒索了。

親戚裡竟然有人會做這種事，實在讓我感到很遺憾。但我必須挺身對抗才行，為了我自己的未來，我必須跟他把話說清楚。

沒想到我還沒說話，另一個人卻開口了——

「別再敲詐聖輔了。」

那個人竟是映樹，他突然走到了我的身邊，剛剛我們的對話，似乎都被他聽見了；不，或許是基志在說話的時候，故意使用了站在我後面的映樹也能聽見的音量。說到底，那也是一種輕微的脅迫手段。

基志沉默不語，似乎顯得有些驚訝，或許他沒有料到映樹會作出這樣的反應吧。他看了看映樹，接著又看了看我。

「你上次來找他，也是這個目的吧？我早就覺得你這個人鬼鬼祟祟。」

映樹繼續說道。

「喂……」基志喊了一聲。

「怎麼？」映樹回應了一聲。

「我可是客人。」

「你上次是客人，但這次你什麼也沒買。」

「好，我買，我馬上買給你看。」

「不必了。」

「怎麼，你不賣我？」

「賣是會賣，但那不會改變任何事情。我只會對你說一聲謝謝，並不會因為你買了東西就答應讓你敲詐聖輔。」

「這是對客人的態度嗎？」

「你怎麼會有這種想法？」

「什麼？」

「你怎麼會認為客人就比較偉大？」

「你算什麼東西？」

「我是聖輔的職場前輩，一個不長進的職場前輩。多虧了聖輔，我才有機會偷懶摸魚。」

「什麼？」

「自從有了聖輔之後，我的工作輕鬆多了，我最討厭工作累得半死。為了讓以後工作也能這麼輕鬆，幫他一點小忙沒什麼。」

基志聽得目瞪口呆，站在映樹旁邊的我也目瞪口呆。

「聖輔是我們店裡的員工，就算你是客人，我們也不會任由你欺壓我們的員工。你要當擺架子的客人，隨你高興，但我不會吃你這一套。」

「是誰在擺架子？你不過是熟食店員工，跩個二五八萬。」

「你也只不過是熟食店的客人；不，你今天連客人都不是。如果你當場買我們的可樂餅，吃了一口覺得難吃，我可以讓你退貨，把錢退還給你。就算是像你這樣的客人，我們也會盡基本的禮數。」

基志與映樹互相瞪視；不，正確來說只有基志瞪著映樹。映樹只是看著基志而已，聲音及臉孔都不帶感情。

基志轉頭看了我一眼，接著又看了映樹一眼，最後他咂了個嘴。就像上次一樣，那是故意讓我們聽見的咂嘴聲。

映樹絲毫不為所動。我雖然有點緊張，但沒有顯露在臉上，我決定模仿映樹的表情。

「哼，無聊。」

基志扔下這句話，轉身就走。

「你不管來幾次都一樣。」映樹繼續向他喊道：「你別想敲詐聖輔，或是我們店裡的任何人。」

基志並沒有停下腳步，他只是瞥了我們一眼，就這麼繼續邁步，離我們愈來愈遠。

我繞過了商品陳列檯，站在馬路上，目送基志的背影逐漸遠去。

此時，我的心情不算太糟，但其實也沒多好。我甚至想過是不是該給他六千五百圓，讓他能從池袋搭乘夜間巴士回鳥取。如果是飛機或新幹線，可能就沒辦法了，但搭乘夜間巴士的錢，我勉強還出得起。當然我不會特地追上去對他這麼說。

基志的背影在遠方逐漸縮小，他的腳步不快，所以縮小速度也相當緩慢。

一對手牽著手的母女，與基志擦肩而過，慢慢朝我們的方向走來。那小女孩舉起沒跟母親相握的手，朝著愣愣地站在商店街道路中央的我揮舞。那是千夏妹妹，「LIQUOR SHOP小堀」的千夏妹妹。

真是厲害，明明距離還很遠，年僅四歲的千夏妹妹竟然認出了我。或許是因為我身上穿著白色廚師袍，所以她能分辨出我不是路人吧。但即使如此，我還是很開心，千夏妹妹已經認定我是這條商店街裡的人了。

「糟了，被你看見了？」

不遠處傳來說話聲。哪裡傳來的聲音？仔細一聽，是從店內傳出來的。說話的人是映樹，督次就站在他的後方。

「被我看見了。」督次說道：「不，應該說是被我聽見了。」

「從哪一句開始聽見？」

「全部！從你走過去的那一刻。」

「哎喲……」

天使走進了我們田野倉熟食店；不，應該說是天使和她的母親，千夏妹妹和千里。

「千夏妹妹，午安。」我打了聲招呼。

「可樂餅。」千夏妹妹說。

「應該先說午安吧?」千里笑著說。

「可樂餅」這個字眼,從四歲小女孩的口中說出來時的發音異常可愛,彷彿成了「米老鼠」及「寶可夢」的同類。

我轉身回到商品陳列檯的內側。

「今天想吃什麼?」我問千里。

「唔……兩塊腰內豬排,一塊炸雞排,兩個可樂餅,一個螃蟹奶油可樂餅,再來個通心粉沙拉,就這樣。」

「好的,兩塊腰內豬排,一塊炸雞排,兩個可樂餅,一個螃蟹奶油可樂餅,一個通心粉沙拉。謝謝惠顧。」

我迅速將商品放進塑膠盒裡,但這次裝盒是以空間利用為最大考量,與剛剛為老奶奶裝盒不同,小堀家的人大概習慣拿出來放在盤子上享用吧。

「螃蟹奶油可樂餅是千夏指定的,她說她喜歡吃這個。」

「真的嗎?聽了真開心。」

「千夏，妳喜歡螃蟹奶油可樂餅，對吧？」

「喜歡，螃蟹奶油。」

「螃蟹奶油」從四歲小女孩口中說出來也很可愛。「螃蟹」很可愛，「奶油」也很可愛。

有些父母不讓孩子吃油炸食物，我不是不能理解這些父母的心情，但我覺得偶而也該通融一下。久久吃一次，會覺得螃蟹奶油可樂餅真的是人間美味。人要活下去就得吃東西，既然如此，不是應該好好享受美食嗎？讓自己享受，也讓親人享受。

千里與千夏妹妹離開之後，督次將我叫了過去，他和映樹兩人正站在廚房深處。今天一美休假，所以詩子先幫我站在門口招呼客人。

督次還沒開口，映樹已先道了歉。

「對不起，我不該擅自說那些話，但我真的有點不爽。」

「對客人別用『不爽』這種字眼。雖然那個人什麼都沒買，但既然在店門口停下腳步，就是我們的客人。」

「是。」

映樹回應道。我也點頭同意。

「不過你做得很好。」

「咦？」

「其實我也有點不爽。聖輔，那個人到底是誰？」

於是我說明了來龍去脈——從前我已跟他們提過，有個遠房親戚幫我母親辦了喪事及整理了遺物，而剛剛那個人就是那個遠房親戚。他說我母親向他借了五十萬，所以我給了他五十萬。後來他突然又跑到我的公寓來，說要再拿三十萬，而且還一度跑到店門口來。我迫於無奈，只好再給了他十萬，並且告訴他，這是最後一次給他錢。沒想到他食髓知味，今天又來了。

本來只想要簡單說明，沒想到還是說了一長串，說到後來，我心想既然都說了，不如說得清楚一點。

「原來如此。」督次說道：「發生了這種事，為什麼不早點說？」

「對不起。」

「五十萬和十萬，總共六十萬……太過分了。」

「其中的五十萬，我懷疑母親根本沒跟他借，但我並沒有證據。」

「天底下哪有什麼沒借錢的證據？」映樹說。

「我看多半是沒借吧！但這筆錢要討回來，恐怕不容易。」督次說。

「啊，沒關係，那筆錢我已經不打算討回來了。」我趕緊說。

「那明明是你的錢，為什麼不討？」映樹說。

「到底能不能算是我的錢，我也沒有十足把握。」

不知道為什麼，我竟然忍不住幫基志說話，難道是因為他是我的親戚？不，這不是原因，是我自己選擇接納了這個事實。對我來說，這就像繳學費一樣，雖然這筆學費比大學學費還要昂貴，但我學到了獨力在社會上謀生的寶貴教訓。

「不管怎麼樣，這件事情到此為止。聖輔，你不必再給他一毛錢。如果他又來店裡囉嗦，立刻告訴我。」

督次斬釘截鐵地說道。

「我想他不會再來了，他不是那種膽大包天的人。」

我打從心底這麼覺得，是我的膽小，壯大了他的膽量。

「就算不是來店裡，而是去了你的公寓，你也要立刻打電話給我。有些時候，這種事情得要旁人出手幫忙才能解決。」

「好的，謝謝督次哥。」

「不必為這種事情向我道謝。聖輔，你應該要學會多依賴別人。」

川岸清澄的母親伊代子也說過類似的話。**適當地依賴能幫忙的人是很重要的事情**……我記得她是這麼說的。

「但是你願意雇用我，就已經讓我感覺過意不去了。」

「你不應該有這種想法，我只是透過雇用契約讓你為我工作，可沒有施捨給你任何東西。」督次最後說道：「這個話題就到此結束吧！你可以回工作崗位了。」

「是。」

我應了一聲，便走向詩子的身邊。

這時，我背後傳來了映樹與督次的對話聲——

「雞排還要炸幾塊？」

「二十塊吧！」

「會不會太多？今天一美姊不在，沒賣完可能會有點麻煩。」

「不然十五塊吧！」

「十七塊如何？」

「好，就照你說的。」

一如既往的日常對話令人安心。

「謝謝，接下來就交給我吧！」我朝詩子說道。

＊＊＊＊＊

那是高瀨涼第一次以LINE跟我聯絡。

我有點吃驚，因為我甚至已經忘了曾經把ＩＤ告訴他。

『明天我有事到你那邊附近，能不能見個面？』

真是突如其來的邀約，現在已經是晚上九點了，他竟然約我明天見面。

但我明天剛好是早班，因此我這麼回應他——

『我五點下班，約那之後的時間就沒問題。』

『好，那就約五點半吧！柏木，地點由你決定。』

我五點才下班，他卻約五點半，能夠選擇的地點相當有限。因此我選了商店街內的連鎖咖啡廳，那間店營業到晚上八點。

隔天，我在五點二十分到了咖啡廳。一陣遲疑之後，我選擇了禁菸區的座位，並告訴店員我在等人，店員幫我安排了一張四人座的桌子。

我點了一杯特調咖啡，四百二十圓實在讓我很心痛。那等於我一餐的餐費；不，是兩餐。聽說第二杯半價，但我一點也不心動，因為我不可能點第二杯。

高瀨涼在五點三十五分走進了店內。或許是我面對著門口的關係，他馬上就認出我來。雖然我們只見過一次面，但我也是一眼就認出了他，不是因為他的臉，而是他的整體印象，尤其是身高。

「你好。」

高瀨涼在我對面的座位坐下。

「坐禁菸區可以嗎？」我問。

「嗯，我不抽菸，也想不透為何有人要抽菸。」

高瀨涼只比我大一歲，但我還是對他相當客氣。明明已經不是學生了，心裡卻還是感覺彷彿遇上了學長。

「抹茶咖啡歐蕾。」

高瀨涼看了菜單之後，朝男店員說道。

「請問是熱的嗎？」

「有冰的？」

「有。」

「唔……還是熱的好了。」

「好的，熱抹茶咖啡歐蕾一杯，請稍等。」

那大概就是所謂的花式咖啡吧，五百八十圓，不僅貴，而且光看菜單上的照片就覺得應該很甜。沒想到高瀨涼會點這種飲料，讓我有點意外。

「我很喜歡抹茶，尤其是京都宇治抹茶。原本是我母親很喜歡，經常向京都的店家訂購。我去京都大學的時候，幾乎每天都喝。」

高瀨涼似乎看穿了我的心思，說道。

「你報考了京大？」

「沒有，我既然住在東京，與其報考京大，我寧願報考東大。」

我沒有繼續追問他有沒有報考東大。這是我們第二次見面，也是我們第一次單獨對話，不適合談那麼深入的問題。我會問一句有沒有報考京大，只是順應他的話題而已。

「你剛好有事來這附近？」

我問了另一個問題。

「是剛好有事沒錯，但也不算是到這附近，我是到青葉上課的荒川校園去看了一下。」

「啊……」

這裡跟荒川確實一點也不近，甚至可以說是有點遠。高瀨涼如果等等是要回武藏小山，等於繞了一大圈。不過或許在高瀨涼看來，砂町和荒川都在同一個區域內吧，畢竟以東南西北的方位來看，它們都在東京的東邊。

「而且我還順便去了荒川遊樂園，可惜青葉要打工，我是一個人去的。」

「一個人？」

「我的畢業論文題目，想要寫的是東京經濟與遊樂園的關係。荒川遊樂園是東京二十三區裡的唯一一座公營遊樂園，所以我想要親眼見識一下。但是去了才知道那是騙小孩的玩意，讓我有點失望。」

店員送上了抹茶咖啡歐蕾。高瀨涼等店員離開後，端起杯子喝了一口，完全沒說關於這杯飲料的感想。

我也喝了一口自己的咖啡，為了避免一下子就把咖啡喝完，接著我又喝了一口杯子裡的水。

「柏木，聽說你也去過了荒川遊樂園？」

「嗯。」

「和青葉兩個人？」

「對。」

「有什麼感想？」

「確實是一座專為年幼孩童設計的遊樂園。」

「園區很小，對吧？」

「嗯。」

「就像是小了一號的淺草花屋敷。你去過花屋敷嗎？」

「沒有。」

「那裡大人也能玩得很盡興，不過入場的門票要一千圓。」

聽他這麼說，我也不知道該回答什麼，而且我相信他也不是為了說這些話才特地把我找出來。

「青葉跟你提過我找到的工作嗎？」

「嗯。」

她提過，上次在銀座的烤雞串店喝酒的時候。

高瀨涼畢業後，將進入一家經營遊樂園的熱門企業工作。但他似乎並非特別喜歡遊樂園，選擇這份工作只是因為那是知名企業且調職的可能性不大。

「我知道應徵這間一定會上，所以畢業論文是以遊樂園為主題。這麼一來就不算浪費時間，對我的資歷也有所幫助。參加應徵面試的時候，我也老實向面試官說，我是為了進入貴公司才寫了這樣的畢業論文題目。」

高瀨涼認為自己一定會上，結果真的上了，我不得不承認他真的很厲害。

「柏木，聽說你在法政大學參加過樂團活動？」

「倒也稱不上參加活動，只是加入了同好會。」

「辦過演唱會？」

「參加過幾次那個同好會自己辦的演唱會，當時只有三個人，表演的是演奏版。」

「演奏版？」

「就是不唱歌，只演奏樂器，因為我們沒有主唱。」

「就像把卡拉OK反過來，只演奏音樂但不唱歌？」

「……可以這麼說。」

「你彈的是貝斯？」

「嗯。」

「現在也不彈了？」

「不彈了。」

「原來如此。我聽青葉提過了，依你現在的生活狀況，確實沒有必要勉強繼續彈下去。我想你的技術應該也還不到專業的程度吧？」

「確實還不到。」

「既然是這樣，更應該果斷放棄。當然如果你能靠彈貝斯賺錢，那又另當別論。」

我喝了一口咖啡，又喝了一口水，嘴裡冷熱交雜，後來喝進嘴裡的冰涼感獲得最後勝利。

「玩不玩音樂姑且不提，但不繼續念大學實在挺可惜，畢竟你已經念了一年半。」

「嗯，可是我沒辦法再撐兩年半。」

「沒有考慮過申請獎學金嗎？」

「沒有考慮過，名義上是獎學金，說穿了就是借錢。」

「就算能讀完大學，但一畢業就得背負債務，感覺太辛苦？」

「嗯。」

「不過，我覺得你很厲害，我很尊敬你。」

尊敬，如此意義重大的字眼，他卻說得說得輕描淡寫。感覺得出來他是在捧我，但是被捧上天之後會發生什麼事呢？通常是狼狽地摔回地面，尤其是被一個毫無利害關係的人吹捧時，這更是顯而易見的結果。

「你跟青葉高中時感情很好嗎？」

「倒也不算好，只是平常會聊天的程度，不過她來看了我的表演。」

「表演？」

「文化祭的表演。」

「噢，學校裡面的？」

「對。」

「來到東京之後，那是你們第一次見面？我指的是我和青葉來到這條商店街的那次。」

「對，所以我嚇了一跳。」

「青葉也這麼說。她還說因為你跟她說了那句話，讓她非常在意，所以決定和你見一面。」

「我跟她說了什麼話？」

「你跟她說，你在鳥取已經沒有可以回去的地方了。」

「啊……」

「任何人聽見同鄉的朋友說出這種話，都會非常在意吧！」高瀨涼喝了一口抹茶咖啡歐蕾，接著說道：「你們去荒川遊樂園，玩得開心嗎？」

「很開心。」

「是青葉邀你的？」

「對……」

「你應該知道我和青葉曾經交往過吧？」

「知道。」

「那你知道我想跟她復合嗎？」

「知道一點。」

「知道一點？我告訴你，我是很認真想和青葉交往，青葉也知道這一點。」

我喝了一口咖啡。就在我正想再喝一口水的時候——

「柏木，你和青葉只是朋友，對吧？」

高瀨涼忽然問道。

「嗯。」

「你們並沒有在交往，對吧？」

「對。」

「既然是這樣，我希望你別隨便和她搞曖昧。」

「搞曖昧？」

「我不希望你再跟她兩人一起出遊。」

「噢。」

「我知道是青葉主動邀你，但我相信你一定也做了某種暗示。」

做了某種暗示？我做了什麼？

「我知道我沒有權利說這種話，這點我心知肚明，我的腦筋還不至於那麼糟。但我還是想拜託你，別再和她搞曖昧了。當然你跟她繼續維持一般朋友的關係，我完全不反對。」

高瀨涼啜了一口抹茶咖啡歐蕾，將杯子放回杯碟上，但或許是沒放準，碰撞出了刺耳的聲響。

「要不要再喝一杯咖啡？第二杯只要半價，而且是我約你見面，我會幫你出錢。」

他看了一眼我的杯子，說道。

「不用了，沒關係。」

「你下班之後還要來見我，讓我有點過意不去。」

「我工作的地方離這裡很近，沒什麼大不了。」

「這附近的店家，晚上是不是很早打烊？」

「嗯，很多店家八點就關了。」

「畢竟不是在車站附近。」

「嗯。」

「我住的武藏小山也有商店街，不過是在車站的另一個方向，所以我很少過去。」

「應該和這裡不一樣吧？」

「完全不一樣。那裡的商店街有頂蓋，而且道路也寬一些。」

雖然沒有去過，但我大致可以想像。跟這裡比起來，那邊的商店街應該看起來時髦多了。

「你跟她高中畢業後都來到了東京，但你們互相並沒有保持聯絡，對吧？」

高瀨涼拉回原本的話題，似乎打算做個總結。

「嗯。」

「如果那時你們沒有在這裡巧遇，你根本不會想起青葉這個女孩子。」

「應該還是會想起吧！」

「但不會想跟她聯絡，對吧？」

「嗯，對。」

從剛剛到現在，我已經不知說了多少次「嗯」跟「對」。不論男女，都有像他這樣的人，喜歡說出一些既定的事實，要求對方點頭承認這是事實。

接著高瀨涼又說出了一句讓我意想不到的話。

「我只是剛好讀的是不錯的大學，自己並不認為這有什麼了不起。所以我總是以平常心和青葉交往，可樂餅什麼的我也不排斥。」

聽到這句話，比當初他以LINE聯絡我更令人驚訝，老實說我有點佩服他。

不錯的大學……不認為這有什麼了不起……以平常心交往……可樂餅

什麼的也不排斥……難道高瀨涼沒有察覺他這樣的用字遣詞會引起他人反感？不，他不是沒有察覺，而是不打算理會。或許那是因為他打從出生就習慣站在高處，從來不曾往下走的關係。

「但如果我是你，我會知道自己沒有辦法讓青葉得到幸福。」

原來剛剛那句話只是為了接這句話的鋪陳，我再一次感到由衷佩服。

簡單來說，他在心裡將我們三人區分出了等級，由上往下依序為高瀨涼、井崎青葉、柏木聖輔。我並沒有否定，姑且不論青葉的順序是否恰當，至少可以肯定我的順序的確是在高瀨涼的下面。

原來高瀨涼大老遠來到這裡，就是為了向我說這句話。或許這才是他今天的主要目的，青葉的校園及荒川遊樂園都只是順道一遊而已。

我不禁感到好奇，既然我比他低等，他有什麼好怕的？但是下一秒，我自己想通了。剛好相反，正因為我比高瀨涼低等，所以他非常害怕，無論如何都不能容許前女友被一個比自己低等的人搶走。

「井崎知道你今天要來找我嗎？」我問。

「不知道。但我不是想隱瞞她，只是沒有刻意提起，何況我是昨天才臨時想到今天要來找你。」

「今天的事，我是不是別告訴井崎比較好？」

「你要說也行，我不打算封住你的口。或許你說了出來，對我反而有好處，這樣青葉才會知道，我對她有多麼認真。不過愛說不說隨便你，對我來說都沒有差別。」

「既然是這樣，那我應該不會說。不過如果她主動問我，或許我會老實說出來也不一定。」

「隨便，你高興就好。」

「好。」

「我又不是做了什麼虧心事，只是拜託你別胡亂跟她搞曖昧而已。」

「是嗎？」

「不好意思，我實在認為你應該識相點。」

高瀨涼在最讓人不舒服的時候，說了一個最讓人不舒服的字眼。識相，這是我非常不喜歡的一個詞，我自己從來不曾用過。

當一個人說出「**那傢伙真是不識相**」的時候，通常表示這個人認為自己很「識相」。但實際上真的是這樣嗎？大部分的情況，只是這個人在某件事情上比對方擁有更多的資訊而已。

「識相」本來就是一件強人所難的事情，這點只要稍微思考就能明白。就算是交情不錯的朋友，也難以確認自己在對方心中的形象，當然也就不可能「識相」。

「柏木，我可是對你相當期待。根據青葉的說法，你是個能夠對他人的心情感同身受的人。」

高瀨涼說完這句話後，拿起桌上的帳單，站了起來。

我趕緊將剩下的咖啡一口喝乾，跟著起身。

高瀨涼的抹茶咖啡歐蕾還有將近半杯，我沒有料到他會沒喝完就走，所以被他搶先拿到了帳單。

「我來付。」

我趕緊說道。

「不用了，各付各的還要算錢，太麻煩了。」

「不是各付各的，全部都我付。」

「什麼？為什麼都你付？」

「你特地來到這裡。」

「不必了，是我約你的。」

「沒關係，我也是有工作的人。」

我差一點想要說出：**雖然只是打工**。但最後沒有說出口，因為我感覺如果說出這種話，彷彿是將一美及映樹也一起貶低了。

高瀨涼沒有堅持，相當乾脆地把帳單遞給我。

「好，那就給你付吧！謝謝招待！」

說完，他就走出了店外。或許這種做事乾脆的個性，也算是他的優點吧。

於是我付了兩人的飲料錢，剛好一千多一點，只要當作自己喝了一杯一千圓的咖啡就行了。一杯一千圓，好貴。

當我走出店外時，高瀨涼已不見蹤影；不，嚴格來說我看見了他，但只看到背影，他正走向明治通的方向。或許他打算走到都營新宿線的西大島站吧，要不然就是打算搭公車。

這時我才發現，他剛剛那句「**謝謝招待**」竟然是道別之語。個性也未免太過乾脆了些，這或許算是他的缺點吧。

由於與回家的方向相反，我並沒有追上去。我轉身邁步，田野倉熟食店就在前方，但還沒抵達店門口，我就向右轉，走進了小巷裡。

這時的時間已過了晚上六點半。回到公寓後，還得趕緊切菜、切肉，煮一鍋味噌湯，再放半塊豆腐下去。

接下來的幾天，必須比原本更加節省，才能填補這一千圓的意外支出。

＊＊＊＊＊

「我女朋友懷孕了。」

映樹在說這句話的時候，口氣和平常一樣輕浮。

「咦？」

大家都嚇了一跳，雖然有前後的時間差距，但四人都不約而同地發出了驚呼聲。聽到這種事情，想不驚呼也難。

「已經到醫院確認過了。一回到家裡，我二話不說就向她求婚了。」

這幾句話，算是映樹向督次報告了自己即將結婚的消息，對象是野村杏奈。

名義上是向督次報告，卻故意在所有人面前說出口，這確實很像映樹的風格。他大概認為同一件事要說四次很麻煩，所以故意選在開店的時間，否則沒辦法找到四個人都在場的機會。但這對接收訊息的四個人而言，卻造成了小小的麻煩，因為聽見的瞬間，每個人都忘了手邊的工作。
當時我正在炸可樂餅，為了避免發生危險，我不敢停止手上的動作，但多少還是分心了，結果油濺到手上，燙了我一下。
「向對方的父母提親了嗎？」督次問。
「提了，二話不說就提了。」映樹說道：「我還來不及主動說出口，就被杏奈拉著回她家了。就在求婚的隔天。」
「她的父母答應了？」
「答應了。」
「那太好了。」
「不過求婚和提親其實都不是適合二話不說就做的事。」一美說。
「簡直像趕鴨子上架。今天求婚，明天提親，後天是什麼來著……啊，到房屋仲介公司物色新家。」
「恭喜你。」詩子說道：「好想早點看到映樹的孩子。」

「發生了這種大事，民樹竟然沒有跟我說。」督次接著說。
「我老爸其實很想說，但我說我要親自向督次哥報告。」
「原來如此。」
「稻見要忍著不說，應該也很痛苦吧！」詩子說
「或許吧！」映樹說。
「孩子什麼時候出生？」
我一邊將炸好的可樂餅從油炸機移到托盤上，一邊朝映樹問道。
「明年五月。」映樹回答。
「還不知道是男孩還是女孩？」
「還不知道。」
「你想要男孩還是女孩？」
「都好。當然我的意思不是無所謂，而是男孩女孩都很好。杏奈說她想要男孩，為了公平起見，所以我說我想要女孩，但其實我真的覺得都很好。如果是女

孩，希望她能像千夏妹妹那麼可愛。」

「聽說男孩會像母親，所以最好是生男孩。與其像映樹，不如像杏奈。」督次這麼說道。

「啊，太過分了。」映樹笑了起來。「不過其實我也這麼想，如果能夠像杏奈，我也覺得男孩比較好。」

「杏奈的工作要怎麼辦？」詩子問了一個現實的問題。

「看她的身體狀況，還能做就繼續做，反正是打工，遲早得辭職。而且畢竟她是孕婦，雇主應該也不會叫她做粗重的工作。」

「不過站在雇主的立場，恐怕不會希望雇用一個外表大腹便便的孕婦當店員。」一美說。

「先不談這個，總之恭喜你了。」督次說。

「沒錯，再次向你說聲恭喜。」詩子說。

「恭喜，當爸爸要加油。」一美說。

「恭喜你。」我說。

「謝謝大家。」映樹摘下帽子，朝我們低頭鞠躬，接著說道：「糟糕，我竟然快哭了。」

杏奈懷孕了，連我也感到很開心，難道是因為我的身邊發生了太多沉痛的死亡？但不管理由是什麼，新生命的誕生畢竟是件令人欣慰的事。

我忍不住想要對那小生命說一句：**歡迎光臨**。

除了這件事之外，還發生了另一件類似的事情。雖然類似，但能不能算是一樁喜事，實在有點微妙，就連要說一聲恭喜，也讓人猶豫。

＊＊＊＊＊

就在夏天已接近尾聲但氣候依然炎熱的九月中旬，劍突然來找我。不是到我的公寓房間，而是到田野倉熟食店。

這時是下午三點多，正是店裡比較不忙的時段，我站在店門口，正在補充食物塑膠盒與橡皮筋。此時，旁邊突然冒出一個聲音。

「小哥，給我一塊可樂餅。」

「好的，謝謝惠顧。」我說完，才發現那個人正是劍。「怎麼是你？」

他的身上穿了一件看起來非常會吸熱的黑色T恤，前方印著一幅看起來像專輯封面的圖案。我不知道那是誰的專輯，我想劍自己也不知道吧，他從來不會拘泥這種細節。

「好久不見了，聖輔。」

「好久不見。」

「你看起來過得不錯。」

「還好。你真的要買可樂餅？」

「真的。」

「普通的就行了嗎？我們還有南瓜口味和螃蟹奶油口味什麼的。」

「就普通的吧！」

「剛好正在炸。既然要吃，就吃熱的吧！馬上就要起鍋，再等三分鐘。」

在廚房進行油炸作業的是督次，太好了。到頭來督次炸的還是最好吃，明明大家用的油和油炸時間都完全相同。

「馬上就起鍋……真像是專業廚師的口吻。」

「嗯，那句有點故意耍帥。」

「原來是故意耍帥。」劍笑了出來。

我回想起了自己第一次來到店門口的那天，當時督次也對我說了一句：「趁熱吃。」我剛剛對劍說的那句話，完全只是模仿他而已。

「對了，你怎麼突然跑來了？有什麼事嗎？」我問。

「其實也沒什麼事……啊，應該算是有事吧！」劍從褲子口袋掏出一樣東西遞給我。「這個還你。」

那是一把鑰匙，我房間的備用鑰匙。

「噢，你已經好久沒來，我都忘了。」

我接下鑰匙，說道。

「你會忘了備用鑰匙的事，表示你的房間完全沒有女人會進出，所以用不到備用鑰匙，對吧？」

「的確沒有，哪有那種閒工夫啊！」

「就算沒有閒工夫，那檔事還是得做吧？只要你正常過日子，就算不特別追求，也會有做那檔事的機會吧？」

「正常過日子，哪會有那種機會？你以為每個人都像你一樣嗎？」

「聖輔，起鍋了。」

廚房傳來督次的聲音。

「好的。」

我應了一聲，以手勢要劍稍待片刻，轉身走進廚房。

「你的朋友？」

督次將剛炸好的可樂餅倒在銀色托盤上，問道。

「對，讀大學時的朋友。」

「嗯，該不會又是來要錢的吧？」

「請放心，他不是那種人。」

說完，我反而有點擔心：**劍，你應該不是那種人吧？**

「你先休息吧！難得朋友來找你，陪他聊聊。」

「好，謝謝督次哥。」

我拿著托盤走回商品陳列檯，以夾子將各種油炸食物夾到檯上的托盤內。調整角度，排列整齊，讓站在一旁的劍能夠看得更清楚，也讓這些食物看起來更加美味可口。

「毛豆可樂餅也很好吃喔！」我朝劍說。

「毛豆確實很吸引人，那就來一個吧！」

一個原味、一個毛豆，賣了兩個可樂餅給劍。

「那我先休息了。」

我結完了帳，轉頭對督次說完，便走出店外。

我們走進巷子裡的陰涼處，停下了腳步。劍立刻吃起了防油紙袋內的可樂餅，首先他咬了一口原味的可樂餅。

「哇，剛炸好果然很燙，又鬆又軟，簡直像烤地瓜。好燙！我的上顎燙傷了，不過真好吃！」

他一邊吃一邊大喊。

「習慣吃剛炸好的可樂餅之後，就不會想再吃冷掉的了。」

「很有可能。」

「不過，還是會吃啦！」

「到底是要吃還是不吃？」

「偶而有人會說可樂餅涼了不好吃，但我實在無法理解。就算是涼掉的可樂餅，我也從來不曾覺得難吃。」

「我也一樣，就算失去了酥脆口感，也別有一番風味。我很喜歡涼涼地吃，不要以微波爐加熱。」

「我明白，外皮變軟也很好吃，感覺好像可樂餅變溫柔了。」

「沒錯，感覺好像上頭的麵包粉都變回了麵包。」

「雖然那是不可能的事。」

「同樣是可樂餅，有些外皮吃起來不是酥脆口感，而是打從一開始就鬆鬆軟軟，顆粒特別大。那到底是什麼緣故？」

「那就是麵包粉啊！」

「我喜歡吃酥脆的可樂餅，但是像那種鬆軟的也很多，這又是什麼緣故？」

「唔……應該是因為喜歡那種口感的人也不少吧！」

「原來如此，是口感的問題嗎？」劍想了一下，接著說道：「聖輔，你也會炸可樂餅？」

「會啊，最近我開始可以負責炸東西了。」

「噢？真是厲害。你也能做出這麼美味的東西？」
「不是我厲害，是可樂餅厲害。」
「你在說什麼啊？」
「這是督次哥說過的話。」
「那個老爹？」
「沒錯，我也覺得很有道理。厲害的是可樂餅，製作者的職責只是維持可樂餅的品質。」
「不不不，厲害的是維持可樂餅的品質吧？」
「那只是最基本的要求而已。」
「喔喔！」劍放下了可樂餅。「天啊，你這句話說得真是太帥了。」
「我就說我在耍帥嘛！」
「耍得真帥，太帥了。我開始有點尊敬你了，不是有點，是非常尊敬。」
尊敬，我又聽見了這個字眼。上次對我說出這個字眼的人，是高瀨涼。他的意思大概是指，尊敬我不讀大學直接出社會工作。那時候我聽了並沒有什麼特別的感覺，但如今我卻有點開心，不是有點，是非常開心。

吃完了原味的可樂餅之後，劍開始吃起毛豆可樂餅。

「啊，這個也很好吃，裡頭的毛豆真多。」

「督次哥說，這正是最難拿捏的地方。」

「最難拿捏？什麼意思？」

「毛豆的量。有人喜歡多一點，但也有人喜歡少一點。」

「啊，就像葡萄乾麵包裡頭，要放多少葡萄乾的問題？」

「沒錯，他試了各種分量，最後才決定採用現在的量。毛豆有點多，又不會太多。聽說這可是他歷經了無數嘗試才找到的最佳分量。」

「光是一個可樂餅，就有這麼多的學問。」

「是啊，光是一點點微小的變化，就會讓客人的評價完全不同。」

「確實是這樣。」

「關於可樂餅，我最近也想了很多。」

「噢？例如呢？」

「例如：可樂餅搭配其他豆類或許也很合。」

「其他豆類？」

「嗯，例如：可樂餅裡放蠶豆。雖然有點奇怪，但應該也很好吃，不過成本可能會過高。在商店街裡賣可樂餅，如果單價超過一百圓，可能會賣不出去。」

劍繼續吃著毛豆可樂餅，忽然退了一步，以宛如遠眺的眼神看著我。

「嗯？」

「你真的太厲害了，好多地方都太厲害了，我真的愈來愈尊敬你。」

「你太誇張了。」

劍有些倉卒地吞下嘴裡的可樂餅，忽然改變了話題。

「前陣子……」

「嗯？」

「我差點就讓女生懷孕了。」

「咦？」

「她跟我說那個一直沒來。」

「難道是上次那個……呃……成松可乃？」

「不，是沙乃，可乃的妹妹。」

「真的假的？」

「當然是真的，這種事情怎麼可能撒謊？」

「她不是還在讀高中嗎？」

「是啊，所以我嚇死了，感覺眼前一片漆黑。當然實際上眼前並沒有變黑，只是睜著眼睛卻什麼也看不見。那是我第一次嚐到大家常說的『**眼前一片漆黑**』的滋味。」

「結果呢？」

「結果是有驚無險，她沒有懷孕。」

「她撒了謊？」

「不是，是那個太晚來了，沙乃自己也是第一次遇上晚來那麼多天的情況。直到她跟我說那個終於來了為止，大約有將近一星期的時間，我簡直像是活在地獄深淵。就連打工的時候也是心不在焉，總共打破了兩支杯子、兩枚盤子。」

「畢竟她還是高中生。」

「沒錯，這也是一個問題。要是因為這件事而讓大家發現我和高中生發生性行為，我可能會被警察逮捕。」

「會被逮捕？」

「如果是真心交往的話，或許不會被逮捕吧！但是要怎麼讓警察相信我們是真心交往？怎麼樣才算真心？老實說，我自己也不知道跟她交往是不是真心。不過這姑且不談，更麻煩的問題，在於她是前女友的妹妹。」

「嗯……」

「那幾天我真的想了很多。例如：可乃和她的父母可能會把我殺了，或是我可能必須工作賺錢，沒辦法繼續讀大學。我甚至想過乾脆逃走算了，還認真考慮過要逃到北海道還是沖繩。因此當我得知她那個終於來了的時候，那股鬆了一口氣的感覺肯定是二十一年來的第一名，遠遠超過考上大學和拋棄處男。這讓我深深體會到比起發生一件好事，不如讓一件壞事消失，更能讓人感到興奮。就好像還清一億圓的欠債，肯定比中一億圓彩券更讓人開心。」

「要還清一億圓的欠債，唯一的方法大概只有中一億圓彩券吧。」

「啊，這麼說也對，到頭來是一樣的事情。不過，你應該能體會我的意思吧？」

「我能體會。」

沒錯，我完全能夠體會。如果能夠讓不好的事情消失，不知該有多好，例如：回到過去防止父母死亡。那比中五億、十億更令我開心。

「就在我慶幸自己逃過一劫的時候，我忽然想起了你。」

「想起了我？為什麼？」

「因為你就是一個必須放棄學業出社會工作的活生生例子。」

「噢。」

「母親突然去世是一件不得了的大事，何況你的父親原本就不在了。」

「讓高中生懷孕也是一件不得了的大事。」

「我說過了，沒有懷孕啦！」劍笑著說。

「你和那個沙乃還在交往嗎？」

「分手了。」

「因為那件事的關係？」

「也不算是，我只是單純被甩了而已。在懷孕這件事上，她倒是很看得開，當發現遲來的月經終於來了之後，她就不再把這件事放在心上。當然如果真的懷孕，她的態度也會完全不同吧！」

「你有沒有把這件事告訴成松可乃？」

「沒有。」

「那她知道你們在交往嗎？」

「不知道。包含我們在交往、月經沒有來，以及後來分手了等等，這些她全都不知道。」

聽到這裡，我不禁問了一個從剛剛就一直梗在心頭的疑問。或許我根本不該問這個問題，但我還是忍不住。

「你和成松可乃該不會還在交往吧？」

我小心翼翼地開口問道。

「當然沒有，我可不是愛情騙子，就算是，也是比較有良心的那一種。我和沙乃開始交往，是在和可乃分手之後。沙乃在LINE上問我是不是和姊姊分手了，因為這個契機，我們在LINE上交流了一陣子，後來才開始交往。沙乃跟我說，不必把這件事告訴姊姊。」

總而言之，沒有懷孕真的是太好了。在這種情況下懷孕，實在很難說出「恭喜」這句話。

「對了，聽說清澄離開樂團了？」我問。

「啊，你聽說了？」

「嗯，我前陣子才到新習志野的川岸家，和他一起吃了午餐。那時他跟我說，他已經退出樂團了，但你可能還會繼續玩。」

「我也不玩了。」

「咦？」

「我已經好一陣子沒在NOISE露臉了，以後應該也不會去了吧！三月開始就要進入求職活動了，何況要是再有任何一堂課被當掉，我就完蛋了。」

「從現在到三月，還有五個月的時間。」

「就算有時間，我也想拿來做其他事，而不是組一個沒有自創曲的樂團，也不是和前女友的高中生妹妹交往。我想做對自己更有意義的事。」

「例如什麼事？」

「不知道，我正在尋找。不如乾脆到印度，來一趟探尋自我之旅吧！不過可能還沒到成田機場，在京成成田站就找到了；不，應該說是察覺了。自己就是這麼一個喜歡裝模作樣地幹些蠢事的人，這就是真正的自我。旅行結束。」

我笑了起來。但我認為劍根本不必到京成成田站，因為我相信他打從一開始就不認為有所謂「真正的自我」這種東西。

「聖輔，你的貝斯真的彈得很好，不像我的吉他，只會蒙混而已。對了，清澄的鼓也打得很好。該怎麼說呢……你們都非常認真。你們的貝斯和鼓所組合出的節奏非常穩定，拿來搭配我的半吊子吉他實在是太可惜了。」

「沒那回事，我覺得我們搭配得很好，我很喜歡你彈吉他的率性風格。」

「率性風格……謝謝你為我找了個好聽的字眼。不是蒙混，而是率性。換了個說法，就感覺好像變得很厲害。」

「如果連你也離開了，只剩下彈貝斯的石井，他要怎麼辦？」

「他拉了幾個今年才入學的一年級學弟，自己組了一個樂團。全部的成員只有他是二年級，所以他成了團長。樂團命名為數字的『１００５』，讀作

『千五』，就是他自己的名字。真不曉得有誰看得懂。」

「貝斯手當團長?真有意思。」

「他們玩得很認真，還自己企劃了一些演唱會活動，尋找小型展演場表演。如今回想起來，當初我們實在應該認真一點。例如：從其他樂團挖角，設法找到主唱，然後再想辦法擠出一些自創曲……不過，既然你和清澄都離開了，我也不打算留戀。兩個技巧高明的成員都走了，只剩下我這個三腳貓繼續賴著不走也沒意思。所以我決定不玩了，最近我會去樂器行，把吉他賣掉。」

「可能賣不了多少錢。」

「要不然我就學你，把吉他送給別人。例如：送給住在我家附近的小鬼頭。只不過那個小鬼頭拿了我的吉他，搞不好也會拿到樂器行賣掉。」

上次劍使用我的房間時，察覺到貝斯不見了，他以LINE問我怎麼沒看見貝斯，於是我把已經將貝斯送給準彌的事情告訴了他。

「如果要給，最好挑一個想學吉他的孩子。」

「不如乾脆捐給兒童社福機構算了。就像送書包的老虎假面[*28]一樣，以匿名的方式寄出，上頭寫著『**請送給具搖滾精神的孩子**』。」

「這點子確實不錯。」

「我剛剛說到一半，自己也覺得這個點子很不錯。如果對方願意收，這也是個好辦法。最好另外再附上一張卡片，上頭寫著：『**一定要慎選交往對象，並且全心全意與對方交往。**』然後送到兒童機構時，職員就直接把卡片丟掉了。」

我又笑了出來。劍就是劍，完全沒有得到教訓；不，他應該已經得到教訓了，只是不肯表現出來。劍還是劍，對他來說，真正的自我似乎不具意義。劍吃完最後一口毛豆可樂餅，將防油紙袋揉成一團。

「給我吧！」

我伸手接過，說道。

＊注28：老虎假面（タイガーマスク），日本在二〇一〇年有人以漫畫《老虎假面》角色伊達直人為名義，贈送書包給兒童機構，此舉引起廣泛社會大眾的模仿，形成一股社會風潮。

「真的太好吃了。幫我轉告你的師父，這簡直是人間美味。」

「好，我會告訴他。」

我心裡暗想，我雖然會轉告，但不會使用「人間美味」這種字眼，因為那太浮誇了。不管是督次還是可樂餅自己，大概都不會這麼奢望。

「聖輔，上次真是抱歉。」

「嗯？什麼事？」

「擅自用了你的房間。」

「噢，沒關係，反正只有一次而已。」

「不，老實跟你說，後來我又偷偷用了一次。第一次是跟可乃，第二次是跟沙乃。」

就是前陣子我因為感冒而提早下班，卻看見成松可乃躺在房間裡的那一次。

「真的假的？」

「真的！那天我跟她約會，氣氛比預期還要好，但她是高中生，帶進公寓房間會比帶進賓館好一點。」

「你連妹妹也帶進了我的房間……」

「結果我遭到了報應，而且是很慘的報應。」

「確實可以這麼說。」

「我不會找任何藉口。因為你已經離開大學，所以我才利用你的房間來幹那種事。真的很抱歉，對不起！」

「沒關係，不要再說了。」

「不，當然有關係。明明已經答應不再犯，卻又再幹了一次，如果我是你的話，一定會氣得直跳腳。雖然我沒資格對你說這些話……」

「都過去了，就別再說了。」

「你放心，絕對不會有第三次。」

「你已經把備用鑰匙還給我了，想要做第三次也沒辦法。」

「你就這麼相信了？借鑰匙的人可是我吔！你怎麼知道我沒有拿備用鑰匙去

打另一把備用鑰匙？」

「備用鑰匙不是沒有辦法拿來打備用鑰匙嗎？」

「不是全部不行，有些還是可以打，和我一起打工的朋友就曾經拿備用鑰匙請人打了一把。」

「你打了嗎？」

「我沒打。」

「那就好。」

「我的意思是你不能這麼輕易就相信我，我可是有兩次前科，難保不會幹第三次。」

「好，那我就跟你說清楚，不能幹第三次。這樣可以了嗎？」

劍目不轉睛地看著我，忽然吁了口氣

「你果然與眾不同。」他說。

「劍，你也挺與眾不同。」

我相當佩服劍的「率性」這個優點，包含這個優點在內，我認為他是個值得尊敬的人。雖然我已經離開了大學，但我和劍似乎還能繼續當朋友，或者應該說，我想繼續和他當朋友。

＊＊＊＊＊

轉眼已過了將近一年。

若從母親過世算起，到現在早已超過了一年，我不僅沒有為母親舉辦周年忌，甚至沒有辦法回去掃墓。

因此我現在非常猶豫。如果可以的話，我想把父母的骨灰從鳥取遷移到東京都內的納骨塔，就算已經繳清的永久供養費沒有辦法退還也沒關係。父親與母親都是在鳥取過世，但他們是在東京邂逅，而且我接下來大概也會一直住在東京，我想他們應該能諒解才對。

我說的「轉眼過了將近一年」，指的是在田野倉熟食店工作的這一年。我一直在思考一件事；不，事實上不是一直，是在映樹向督次報告了他將要結婚的消息之後。嚴格說來，是在那之後不久才開始思考。

事不宜遲，既然決定要做，就不能拖拖拉拉。做決定的時候要慎重，但是做出了決定之後，採取行動就必須迅速果斷。

就好像當初督次賣絞肉排給我時，少收了七十圓，卻讓我當場決定應徵工作。如果我當初沒有採取那樣的行動，就沒有現在的我。雖然只是小小的一個舉動，但確實讓我開始往前邁步，因此我決定採取行動。

這天是映樹休假的日子，星期二的下午，我終於等到了最理想的狀況。督次和我在廚房，詩子在店門口招呼客人，一美在二樓休息。其實我也可以挑一美在招呼客人的時候，但最後還是挑了現在這個狀況，因為我希望我說的話同時讓督次與詩子聽見。

我感覺一顆心七上八下，早已暗自決定今天要說，所以從早上就緊張得不得了。比起工作，緊張所帶來的疲勞感更讓我難熬。

由於我們販賣的商品是食物，原則上在店內能不說話就不說話，所以我必須趁雙方都剛好完成手頭上工作的空檔才能開口。雖然這會讓口氣變得有點急促，但也是沒有辦法的事。

我甚至沒有花時間調勻呼吸，一開口就直接進入正題。

「督次哥，不好意思……」

「嗯？」

我記得大學某一堂課的老師曾經教過，說話時不需要鋪陳，應該先說出話題的重點，所以我決定實踐看看。

「我想辭職。」

「啊？怎麼突然說這種話？」

「當然我指的不是馬上辭職，在督次哥徵到人之前，我會繼續做下去。我不會突然消失，這點請放心。」

我一口氣說完這一串話。

督次顯得相當驚訝，他默不作聲地凝視著我。

「對不起，你好意僱用我，我還做出這種任性的決定。」

「為什麼要辭職？理由是什麼？」

「呃……為了將來考量，我想在其他店家，最好是不同種類的餐飲業累積一些經驗。我絕對不是討厭在熟食店工作。但報考廚師執照所需要的兩年實務經驗，可以是不同店家的合計，為了拓展自己的業界經驗，我希望趁現在多增廣一些見聞。」

明明是這兩天早已想好的說詞，如今實際說出口卻是結結巴巴、顛三倒四。我果然是個資質駑鈍的人，就算當初繼續讀大學，找工作面試的時候，大概也會遭到淘汰吧。

「原來如此。」

督此只是輕輕這麼呢喃，沒有再說一句話。

我感覺自己彷彿正在做一件非常惡劣的事情；不，或許應該說是一件非常令人厭惡的事情。

「對不起，你那麼照顧我，我卻做出這種決定。」

「別這麼說，我沒有特別照顧你。你願意在這裡工作，反而是幫了我大忙。」

此時店門口並沒有客人，詩子應該也聽見我們的對話了。她看著我們，臉上的驚愕更勝於督次。雖然這麼形容一位六十六歲的女性有點失禮，但是那種嘴唇微張、左手抵著左側臉頰的姿勢，實在有點可愛。

該說的話，我都說完了，接下來就只等督次作出回應。

「聖輔，你真的很善良。」

督次終於整理好頭緒，開口說道。

「咦？」

這句話完全出乎我的意料之外。

「一定是因為我向你說了我對這間店的打算，對吧？因為我說希望你能繼承這間店，對吧？」

「不，那個……」

「但我相信你想辭職並不是因為不願繼承而選擇逃走，對吧？」

沒錯，我並不排斥繼承一間店，當然我也沒有必要逃走。雖然我現在的確沒有經營一間店的欲望，但我不至於會為了避免繼承一間店而選擇辭職。

「是我太魯莽了。」督次露出苦笑。「我說得太早了，至少應該等到你考取廚師執照之後，再說也還不遲。」

我一時不知該回答什麼。對於督次這些話，我到底是該肯定還是該否定？

「你只是想要退讓，對吧？」

「不，那個……」

我又說了一次相同的話。

「聖輔，你只要顧好你自己就行了。你應該活得自私一點，不要過於在意他人。不過雖然我這麼說，你還是無法不在意，對吧？」

「不，那個……」

我又再一次說道。

「不過，到其他店累積經驗，確實是不錯的想法。我們這裡只是一間平凡的熟食店，能夠教你的事情有限。例如：細刃菜刀的刀法技術，或是調味上的高明技巧等，你在這裡都學不到，因為我自己也不會。因此或許就像你所說的，你應該到其他店家闖蕩看看，才不會浪費接下來的一年時間。」

「我從來不曾認為在這裡是浪費時間……」

「妳應該也同意吧？」

督次轉頭朝詩子問道。

詩子以手掌托著臉頰，緩緩點了頭。

「如果映樹和你是兄弟就好了。」她接著說。

我本來打算從頭到尾都不提起映樹的名字，沒想到這個名字卻從一個意想不到的人物口中說了出來。不是督次，而是詩子。

既然已經有人說了映樹的名字，我也就不再顧忌。如果可以的話，我想要確認自己的預測並沒有錯。

「你們應該會讓映樹哥……對吧？」

我不想說得太明白，所以只是點到為止。

但是督次聽懂了我的意思，他不僅聽懂了，而且給了我明確的答覆。

「應該吧！」

「映樹哥……應該會接受吧？」

「應該吧！」

「我說什麼都會讓他繼承的。」詩子說。

我刻意避免提及的那個字眼，又被詩子開門見山地說了出來。我忍不住笑了，那是一股夾雜著安心感的笑意。

「那傢伙最近也長進了不少。」督次接著說道：「自從杏奈來替他道歉之後，他就不曾遲到過了。不過說到底，準時只是身為店員的基本條件而已。」

我不知該如何回應，只好沉默不語。

「當初杏奈來幫映樹道歉時，不是要我們別把這件事告訴映樹嗎？」

「對。」

「其實我後來還是說了。只是我要求映樹，別讓杏奈知道我已經把這件事告訴他。」

「真的嗎？」

「嗯，不過映樹是否又告訴了杏奈，那就不得而知了。」

映樹會說嗎？感覺他似乎會說，卻又似乎不會說。

「女朋友出面為自己的遲到道歉，映樹應該多少有些感慨吧！」

一般來說，男人遇上這種事，應該都會不高興才對。甚至可能會罵女朋友多管閒事，兩人大吵一架，就算兩人因此而分手，也不令人驚訝。但映樹與杏奈這對情侶，最後的決定卻是步入禮堂。

我不禁想像杏奈站在店門口的模樣，剛好就像現在正站在店門口的詩子一樣。如果可以的話，我實在很想親眼目睹那一幕。我幾乎可以想像，當杏奈六十六歲的時候，一定也和現在的詩子一樣可愛。不過和詩子比起來，或許杏奈能掌握更大的發言權，搞不好還會對映樹說出「**你身為店老闆怎麼能遲到**」之類的責備之語。

「不遲到，算不上什麼值得稱讚的事情。倒是我想起了另一件事。」督次接著說道。

「另一件事？」

「上次那個人來糾纏你的時候，映樹不是保護了你嗎？他說了那句：『**聖輔是我們的員工，不會任由你欺壓。**』我聽了很感動。」

「我也是。」我坦率地說道：「他真的是幫了我大忙。」

「那件事後來解決了嗎？那個人還有沒有來糾纏你？」

「應該是解決了。他再也沒來我的公寓，也沒有跟我聯絡。就算他來了，我也會堅定地拒絕他。」

「或許那是因為他發現你不是孤軍奮戰，沒那麼好欺負。」

我又不知該如何回答，只好再度保持沉默。

「聽到你要離職，我感到很惋惜，但這也是沒有辦法的事。離開之後，你要是遇上任何困難，一定要回來找我們幫忙，知道嗎？這點你一定要答應我。」

我一個字也說不出口，就連最簡單的「謝謝」也擠不出來。

「你可以依賴我們。」

我在十七歲的時候失去了父親，在二十歲的時候失去了母親。我本來以為所有悲傷的事情都已經發生在我身上，未來再也不會流淚了。

但是我錯了。在二十一歲的今天，我還是哭了。

即使沒有遇上悲傷的事，眼淚還是有潰堤的時候。

經過討論之後，我決定在田野倉熟食店工作到十月底。在這段時間裡，督次會招募另一名店員，我也會尋找另一個職場。

「最好能再有個錢包裡只有五十圓的傢伙走到店門口。」督次說。

「正確來說是五十五圓，我留下了『有緣』。」我回答。

雖然我說的是「**有緣**」，但在督次的耳裡聽來應該是「五圓」吧！我是故意說得含糊，讓督次聽不清楚的。

＊＊＊＊＊

問題是下一份工作要上哪裡找？這件事讓我煩惱了很久。

我曾經考慮過到雞蘭投靠山城時子，但最後放棄了這條路。至少在現階段，我想靠自己的力量打拚。就算要在雞蘭工作，也應該是在拿到廚師執照之後，等到我成為一個他們真正需要的人材，才堂堂正正地前往拜訪。這就是我心中的目標，我認為這個目標訂得非常好。

但是要實現這個目標，首先我必須學習菜刀的各種刀法，而且如果可以的話，盡可能涵蓋所有日式料理種類，串燒、烤雞肉之類的料理，最好也要有所涉獵。這麼想來，或許我應該挑一家像日本橋的多吉那樣的店家。一星期工作五天，當成全職來做，從製作料理前的準備工作開始學起。以這樣的心態來找工作，相信應該能找到願意僱用我的店家。事實上，像這類的徵人啟事非常多，就像山城時子當初所說的，餐飲業現在到處都處於嚴重人手不足的狀態。

但要到新職場上班，最快也必須在十一月一日之後，因此我不必著急，可以慢慢決定。像這樣內心產生一點寬裕感，還是第一次，但真的也只有一點而已。不過雖然只有一點，對我來說卻是彌足珍貴。

九月下旬的某天，我一如往常拜訪了「美麗專科出島」。出島瀧子向我們訂了些熟食，我幫她送去。炸里脊豬排、炸雞排、炸火腿排、豆渣可樂餅、馬鈴薯沙拉、通心粉沙拉，每種各一份。

我來到了店門外，玻璃門上那一排金色的「美麗專科出島」字樣已有些斑駁。我拉開門，走進了店內。下午四點多，店裡一個客人也沒有。

「午安，田野倉熟食店送菜來了。」

「啊，聖輔，謝謝你。」

瀧子朝我走來，說道。

我將裝著食物塑膠盒的白色塑膠袋交給她，並向她收錢。瀧子知道每一種菜色的價錢，每次都會事先準備剛剛好的金額交給我。雖然我自己也會準備零錢，但每一次都不曾派上用場。

「有空的話喝杯茶再走。」

「謝謝。」

有時我會婉拒留在店裡喝茶，但我今天答應了，因為我想趁今天將我要在十月底辭職一事告知瀧子。

瀧子走到店內深處為我泡茶，我無事可做，只能獨自站在店內發楞。我望向那件豹紋的衣服，從胸口到腹部的巨大豹臉彷彿正對著我擠眉弄眼。接著我又看見了另一隻同樣屬於貓科的動物，一隻貓，一隻活生生的貓。瀧子所飼養的貓，正懶洋洋地趴在長椅上。

那隻貓平常總是露出一副「我對你沒興趣」的態度，今天卻難得轉頭看著我，我不由自主地走了過去。那隻貓原本露出「你想幹什麼」的表情，但馬上就將頭轉向一邊，或許牠做出了我不會攻擊牠的判斷吧。

我在長椅前蹲了下來，近距離觀察著那隻貓。

「泡好了。」瀧子喊道。

「謝謝。」我回應。

茶杯就擺在結帳櫃檯上。我們總是在這裡站著說話，有時還會聊到瀧子的丈夫貞秋的一些事情。例如：貞秋曾經獨自到河邊釣魚，結果被困在河中央的沙洲上，差一點就要勞煩救難隊前往救援；後來貞秋不敢再到河邊釣魚，整天只是窩在家裡製作模型。

但今天我沒有立刻起身，繼續蹲在地上。

「我跟這隻貓認識了這麼久，還不知道牠叫什麼名字。」

我朝瀧子問道。

「噗[*29]。」

「噗？」

「牠原本有另一個名字，但自從變胖之後，就改叫『噗』了。」

「因為變胖，所以把名字改了？」

「是啊，名字要和外貌一致，叫起來才會順口。聖輔，你剛剛聽到『噗』這個名字的時候，心裡是不是也覺得：**沒錯，牠就是噗？**」

「沒錯，牠就是噗。」

「你看牠像這樣整天躺在那裡不動，實在讓我很困擾。不過這也有一個好處，那就是即使把牠帶到店裡來，也不用擔心牠會擅自溜出店外。」

我第一次觸摸那隻名叫「噗」的貓，我以右手手掌輕撫牠的背部，牠並沒有反抗，甚至沒有對我露出「**摸什麼摸**」的眼神。

如果是這隻貓，確實不可能擅自溜出門外，當然也不可能在夜晚突然衝到車子前方。

接著我改摸牠的頭，牠還是對我連瞧也沒瞧一眼，反而閉上了眼睛。驀然間，牠睜開了眼睛，但是下一秒，牠又閉上了眼睛。牠打了一個大大的呵欠，看起來一臉倦意。噗，好可愛。

那起車禍不是父親的錯，也不是貓的錯。或許道理上講不通，但我真心這麼認為。或許因為父親的關係，那隻貓撿回了一條命；或許父親是那隻貓的救命恩人。我心中第一次萌生了這樣的想法。

我再一次輕撫噗，接著站了起來。我在心中告訴噗，雖然我回到店裡會洗手，但那不是因為你髒，而是因為我們是販賣食物的店家。噗似乎察覺了我的心意，轉頭凝視著我，牠臉上的表情彷彿在訴說著：**關我屁事**。

我走向結帳櫃檯，說了一句「謝謝。」端起茶杯啜了一口，接著我和瀧子一如往常聊起天來。

＊注29：原文作「ぶぅ」，是豬叫聲的狀聲詞。

「我老公今天在蓋城堡。」

「蓋城堡？」

「對，姬路城的模型。」

「啊，原來如此。」

「他說因為要蓋城堡，今天沒辦法來店裡幫忙。我問他：『**城堡和店哪一邊重要？**』他竟然說：『**當然是城堡。**』真的很想貓他一拳。」

六十六歲的貞秋被六十三歲的瀧子貓一拳。真好玩，光想像就覺得有趣。

聽完了關於貞秋的趣事之後，我把自己的事告訴了瀧子。

「那個……我在田野倉只做到十月底。」

「咦？真的假的？」

「真的。」

「為什麼？」

「我將來想要報考廚師資格考試，因此想到其他店家累積不同經驗。」

「啊，原來如此。你在田野倉做多久了？」

「快一年了。」

「時間過得好快，已經快一年了？」

「嗯。」

「上了年紀之後，一年眨個眼睛就過了，很多事情都搞不太清楚。映樹的年資是不是比你長？」

「長多了。」

「誰年紀比較大？」

「映樹哥比我大四歲。」

「啊，差這麼多？偶而才見一次面，連你們的年紀也搞不太清楚。我記得以前好像問過你年紀，能再告訴我一次嗎？」

「我二十一歲。」

「二十一歲，正是最美好的時期，想做什麼就做什麼。」

「真的什麼都能做嗎？」

「當然，快去做吧！不過我建議你做些只有二十多歲年紀才能做的事。像是製作模型什麼的，上了六十歲再做也還不遲。」

「但我該做什麼好？」

「這就得靠你自己想了。時間想起來很長，過起來很短。不過一轉眼，四十年就過去了。當你回過神來，才發現有太多事情沒做，到時候再來懊悔就來不及了。所以你一定要把握現在的時間，加油！」

「我會加油的。」

我毫不遲疑地說道。

「嗯，我看得出來，你是個很努力的人。但是映樹就很難說了。」

「映樹哥接下來也會很努力的。」

應該會吧！不是因為他即將繼承那家店，而是因為他就要擁有家庭，為了杏奈及快要出生的孩子，我相信他一定會努力的。

「像那種看起來吊兒郎當的年輕人，或許反而能夠混得不錯。對了，聖輔，你剛剛說你會待到什麼時候？」

「我會待到十月。」

「是嗎？那我送你一樣東西當作餞別的禮物吧！店裡有什麼商品是你看上眼的？那件豹臉的衣服如何？送給你的女朋友。」

「我沒有女朋友啦！」

「咦？真的嗎？沒關係，趁這一個月的時間趕快交一個，然後把那件豹臉的衣服送她。」

我不禁有些開心。雖然沒有女朋友可以送，但我確實有點想要那件豹臉的針織裝。就算找不到人送，或許也可以自己穿，例如：當有人找上門來敲詐的時候，我可以穿上那件衣服嚇唬對方。

「要不要再來一杯茶？」

「啊，不了，我得回去工作才行。謝謝妳這陣子的照顧。」

向瀧子道謝完之後，接著我又向噗道謝，才離開「美麗專科出島」。

此時我的心情比平常更加輕鬆愉悅。

＊＊＊＊＊

這一天，我上的是晚班，工作到晚上八點半。

工作結束之後，我離開了田野倉熟食店，走回自己的公寓。我每天走的都是固定的路線，因為這是從公寓到田野倉熟食店的最短距離。

平常總是停著鳥的那座路燈，今天同樣停著一隻鳥，但我有些驚訝，因為現在已經超過晚上八點半了。我停下腳步，抬頭仰望那隻鳥。那不是烏鴉，身體接近灰色，看不出是什麼鳥類。

我不禁心想，這根路燈果然有著吸引鳥類的某種魅力。鳥與這座路燈的關係，就像是我與砂町銀座商店街的關係。

雖然路燈上總是停著鳥，但停在路燈上的鳥並非總是同一隻。不論是什麼樣的鳥，最後總是會展翅高飛。從鳥取飛到了東京的無名之鳥，遲早也必須離開這座路燈，只不過是稍微提早了一點而已。

想到這裡，我不禁苦笑，這是什麼神奇的理論？下一瞬間，我的腦海浮現了另一個念頭。

來到十字路口，在綠燈的時候走過行人穿越道。如果要回公寓房間，應該要往右轉才對，但我沒有轉彎，繼續沿著丸八通前進。接著我從褲子前方口袋取出智慧型手機，手指在畫面上滑動，但不是為了打訊息，而是為了通話。

「喂？」

青葉立刻接了電話，我聽見了她的聲音。

「柏木？」

我還來不及回應，她又接著說道。

「嗯。」

「我剛好也想打給你呢，真巧。」

「有什麼事嗎？」

「今年的聖誕節禮物，我想送你貝斯，好嗎？」

青葉絲毫沒有遲疑，想也不想地說道。

「咦？」

「上次我們不是一起在樂器行看了貝斯嗎？」

「妳要送我？」

「我還是認為你應該繼續彈貝斯。你不願意嗎？」

「不是不願意，但是貝斯很貴。」

「我查過了，好像真的很貴，我自己也沒什麼錢，沒辦法買太貴的給你。但我不知道你喜歡什麼樣的貝斯，所以得先問過你的意見才行，沒辦法給你驚喜。你願意接受嗎？」

「我怎麼可能不願意？」

「太好了！現在距離聖誕節還有一段日子，我可以趕緊存錢。對了，柏木，你打電話給我有什麼事？」

「啊，那個……現在能見個面嗎？」

「現在？你的意思是馬上嗎？」

「嗯，我工作剛結束，正走向車站。」

「你要來我家嗎？」

「在外面找個地方見面就行，不會耽誤妳太多時間。約在都營電車荒川線的站牌碰面，可以嗎？」

「沒問題。」

「距離最近的是哪一站？」

「熊野前。一下車就有一間熊野前郵局，就約那裡好嗎？」

「沒問題，就約在熊野前郵局的前面。上次從荒川遊樂園走回站牌時，我記得曾經經過一間郵局，就是那裡嗎？」

「對，就是那間郵局。」

「到了那附近，我再打給妳。」

「好。」

「拜。」

「拜。」

結束通話後，我把手機放回褲子口袋。

青葉沒有問我為什麼要見面，也沒有問我要說什麼話，她直接了當地答應和我見面，令我有點感動。而且她還說要送我貝斯，當作聖誕節禮物。

或許你根本沒有必要放棄。當初在銀座的山野樂器行裡，青葉就曾經這麼對我說。現在她竟然要送我貝斯。不知道為什麼，我的身體開始顫抖，此刻我的心情，就和督次說要讓我繼承那家店時一樣。

「美麗專科出島」的瀧子告訴我，四十年一轉眼就過了，或許真是如此。

我現在二十一歲，還不用急，一點一點慢慢來，不躁進，但也不退縮，只要照著這樣的心態慢慢往前踏步就行了。未來很重要，但是現在也很重要。不能不規劃未來，但也不能不珍惜當下，因為這就是我的生活。

等拿到廚師執照，工作也確定了之後，我打算考汽車駕照。等等就告訴青葉這件事吧！

我從南砂町搭上地下鐵東西線，這個時間開往中野方向的電車已不再擁擠，但也稱不上空蕩。這就是東京，不論任何時候，都有一些人在做著一些事。

就像我自己，也正憑藉著一股衝動而打算做一件事。到了電車內，我才終於能停下腳步，稍微恢復冷靜，思考一些問題。

當初在砂町銀座商店街的咖啡廳裡，高瀨涼曾對我說：「**你和青葉若不是偶然相逢，根本不會互相聯絡。**」沒有錯，我承認這是事實，但這不具任何意義。

不管是不是偶然，都無法改變我與青葉已經相逢的結果。這也是事實，而且對我來說是更重要的事實，也是唯一的事實。

青葉說過，重逢的那一天，她因為看見我讓路，所以確信我就是柏木。當我把送貝斯給準彌的事情告訴青葉時，青葉告訴我，現在的柏木竟然會送東西給別人，真是太了不起了。當我決定離職時，就某些角度來看，我或許也算是讓出了某些東西給映樹。

重要的不是物質，甚至不是那些無形的東西，是人。人材可以被取代，但人無法被取代。

我可以讓路，我可以把貝斯送人，我可以放棄我在那間店內的種種機會。但我不會放棄青葉，我不想讓出青葉。就算對方的層次比我高得多，就算對方能夠開出的條件比我好得多。

但我還是想尊重青葉的心情，我想把青葉的感受擺在第一順位，所以我不會強迫她作出抉擇。如果她選擇了我，我會全心全意地接納她，這樣就夠了。

但我希望她能原諒我的一點小任性，那就是我想要傳達自己此刻的心情。

『我到町屋站了，正要搭上荒川線。』

我向青葉送出了訊息。

『到這裡只要六分鐘，看來我要全力衝刺了。』

青葉回傳了訊息。

七、八分鐘後，熊野前郵局的前方，站著剛衝刺完的青葉。她身上穿的是居家服，臉上幾乎沒化妝。

「晚安。」

她以戲謔的口吻對我說道。

雖然對她不太好意思，但我不打算回應她這句問候語。

不需要鋪陳，直接說重點。

「青葉。」

「嗯？」

「我喜歡妳」

（完）

【給臺灣讀者的作者後記】

一開始在思考要撰寫什麼故事內容時，我其實很想要寫一個「把東西讓給其他人」的人，而這也就是這篇作品的起點。不管是人也好、事也好、物也好，總之就是把某些東西讓給別人，這就是我想寫的故事。

《人》其實並不是一部特別的小說，在這部小說裡，並不會發生特別不一樣的事情。主角柏木聖輔所經歷的那些事情，可能發生在日本，可能發生在臺灣，也可能發生在全世界任何國家的任何人身上。

過去我曾寫過一些所謂的親情小說，每個家庭都有不同的特徵。有些家庭有血緣關係，有些沒有；有些血緣關係較深，有些較淺。我在一些作品裡，描寫過像這種家人與家人之間的關係，因此在不知不覺之中，我產生了一種創作願望，一種想要描寫一個「突然變得孤獨的故事」的欲望。故事裡的這個人，在並非出於自我意願的情況下，被迫變得孤獨。我想創作出像是這樣的故事。

除此之外，我也對砂町銀座商店街這個地方相當感興趣。日本的商店街大多位在鐵路車站的附近，以車站附近為起點，向住宅區延伸；但砂町銀座商店街並非如此。如果把地下鐵也算進去，東京的鐵路系統可說是四通八達，但砂町銀座商店街距離每個車站都很遠。明明距離車站很遠，卻總是聚集了大量人群，因此我一直認為這是個相當有趣的地方。

把東西讓給其他人的人、變得孤獨的人、砂町銀座商店街，這三個要素在我的心中串聯在一起，讓我產生了創作出這部作品的信心。而我也實際走訪了砂町銀座商店街一帶，並慢慢醞釀出這部小說的內容。每走一步，柏木聖輔這個角色就成長一分。

我經常像這樣在街上漫步，光是坐在書桌前空想，往往什麼也想不出來。我認為，在思考的時候最適合做的動作，就是走路。跑步或游泳的時候，其實很難想事情；如果是走路的話，思緒可以毫不間斷地維持下去。更有趣的一點，就算一個人放空了心思，也還是會在不知不覺中開始思考起各種事情，這時浮現在腦海的一些零碎的想法，往往能夠成為創作的靈感。

我的小說都是一個人獨力完成，正因為可以獨力完成，所以我喜歡寫小說。

但在現實生活中，一個人能獨力完成的事情相當有限；甚至可以說，一個人幾乎什麼也做不了。例如：我在日本以日文撰寫的這部小說，要變成臺灣的語言讓臺灣的讀者們閱讀，中間需要許多人的幫助，像是製作書本的人、搬運書本的人、進行各種通路調整的人……多得數不完。

乍看之下，柏木聖輔似乎是孑然一身，但其實他並不孤獨。自從寫了《人》這篇作品之後，我開始對這一點有所感觸；甚至在得知臺灣的讀者將有機會可以拜讀到本作品之後，這個領悟更深了。當初在創作這部作品下筆寫下第一行的時候，完全沒有意料到會有這一天。臺灣原本就是我很想造訪的地方，如今我感覺離我好近。

我必須很遺憾地告訴各位臺灣讀者，小說裡的「田野倉熟食店」只是虛構的店家，不過砂町銀座商店街是真實存在的，而且在這條商店街裡，真的能吃到熱騰騰的可樂餅。不管是普通的可樂餅，還是毛豆可樂餅都非常美味，如果各位有機會來到日本，請務必前往一遊。

期許《人》這部小說能夠成為你的力量，如果能夠反覆閱讀這本書，就像在反覆聆聽一首歌，將是我的榮幸。

小野寺史宜

人 ひと

作　　者　小野寺史宜
Fuminori Onodera
譯　　者　李彥樺 Yanhua Lin
發 行 人　林隆奮 Frank Lin
社　　長　蘇國林 Green Su

出版團隊
總 編 輯　葉怡慧 Carol Yeh
日文主編　許世璇 Kylie Hsu
企劃編輯　許世璇 Kylie Hsu
封面設計　許晉維 Jin Wei Hsu
版面構成　譚思敏 Emma Tan

行銷統籌
業務處長　吳宗庭 Tim Wu
業務主任　蘇倍生 Benson Su
業務專員　鍾依娟 Irina Chung
業務秘書　陳曉琪 Angel Chen
　　　　　莊皓雯 Gia Chuang
行銷主任　朱韻淑 Vina Ju

發行公司　精誠資訊股份有限公司　悅知文化
　　　　　105台北市松山區復興北路99號12樓
訂購專線　(02) 2719-8811
訂購傳真　(02) 2719-7980
專屬網址　http : //www.delightpress.com.tw
悅知客服　cs@delightpress.com.tw
ISBN : 978-986-510-084-1
建議售價　新台幣360元
首版一刷　2020年07月
　　六刷　2022年08月

國家圖書館出版品預行編目資料

人 / 小野寺史宜 著；李彥樺譯.
-- 初版. -- 臺北市：精誠資訊, 2020.07
面；　公分
ISBN 978-986-510-084-1 (平裝)
861.57　　109009228

建議分類｜文學小說・翻譯文學